LIVE THE REST
OF
YOUR LIFE

一无的
所有

杨玉成 著

上海文艺出版社

图书在版编目（CIP）数据

一无的所有/杨玉成著. —上海：上海文艺出版社，2023
ISBN 978-7-5321-8821-5

Ⅰ.①一… Ⅱ.①杨… Ⅲ.①随笔—作品集—中国—当代 Ⅳ.① I267.1

中国国家版本馆 CIP 数据核字（2023）第 163878 号

责任编辑　冯　凌
特约编辑　长　岛
封面设计　马海云
图片摄影　谢　红

一无的所有
杨玉成　著
上海世纪出版集团　上海文艺出版社
上海市闵行区号景路 159 弄 A 座 2 楼　201101
上海文艺出版社发行中心发行
上海市闵行区号景路 159 弄 A 座 2 楼 206 室　201101　www.ewen.co
苏州市越洋印刷有限公司印刷
开本 880×1230　1/32　印张 8　插页 2　字数 161,000
2023 年 9 月第 1 版　2023 年 9 月第 1 次印刷
ISBN 978-7-5321-8821-5 / I·6952　定价：48.00 元

告读者如发现本书有质量问题请与印刷厂质量科联系
T：0512-68180638

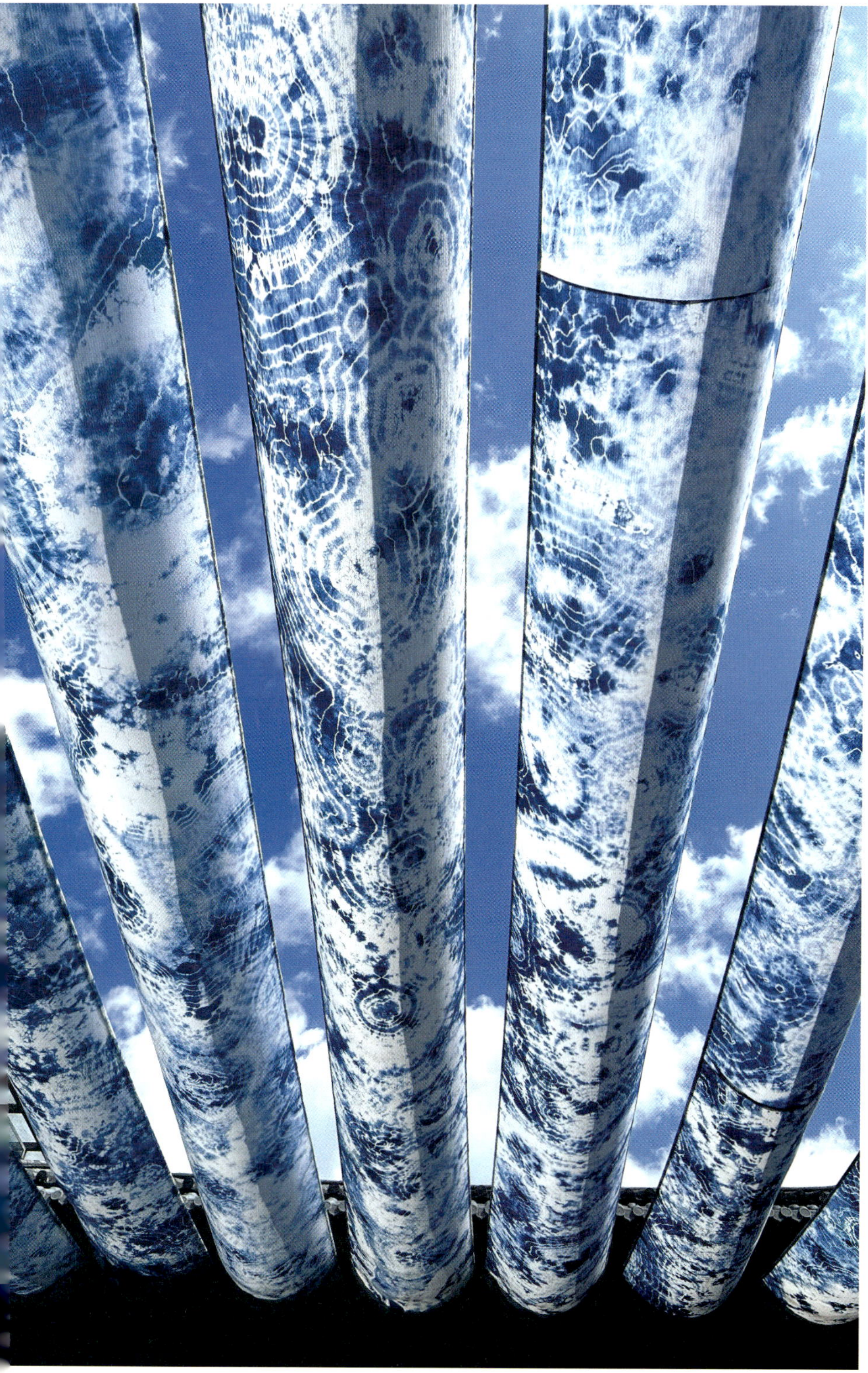

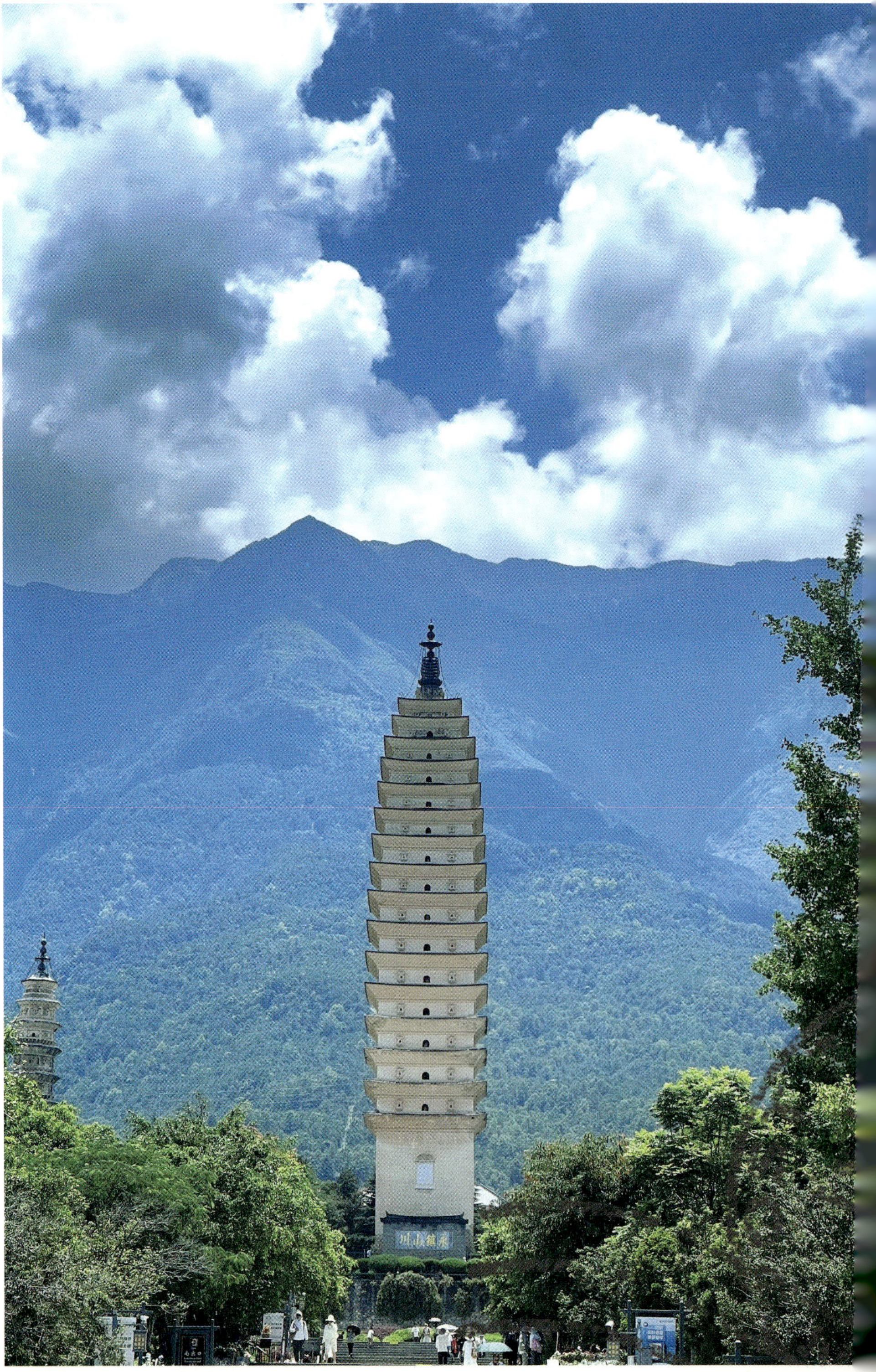
永鎮山川

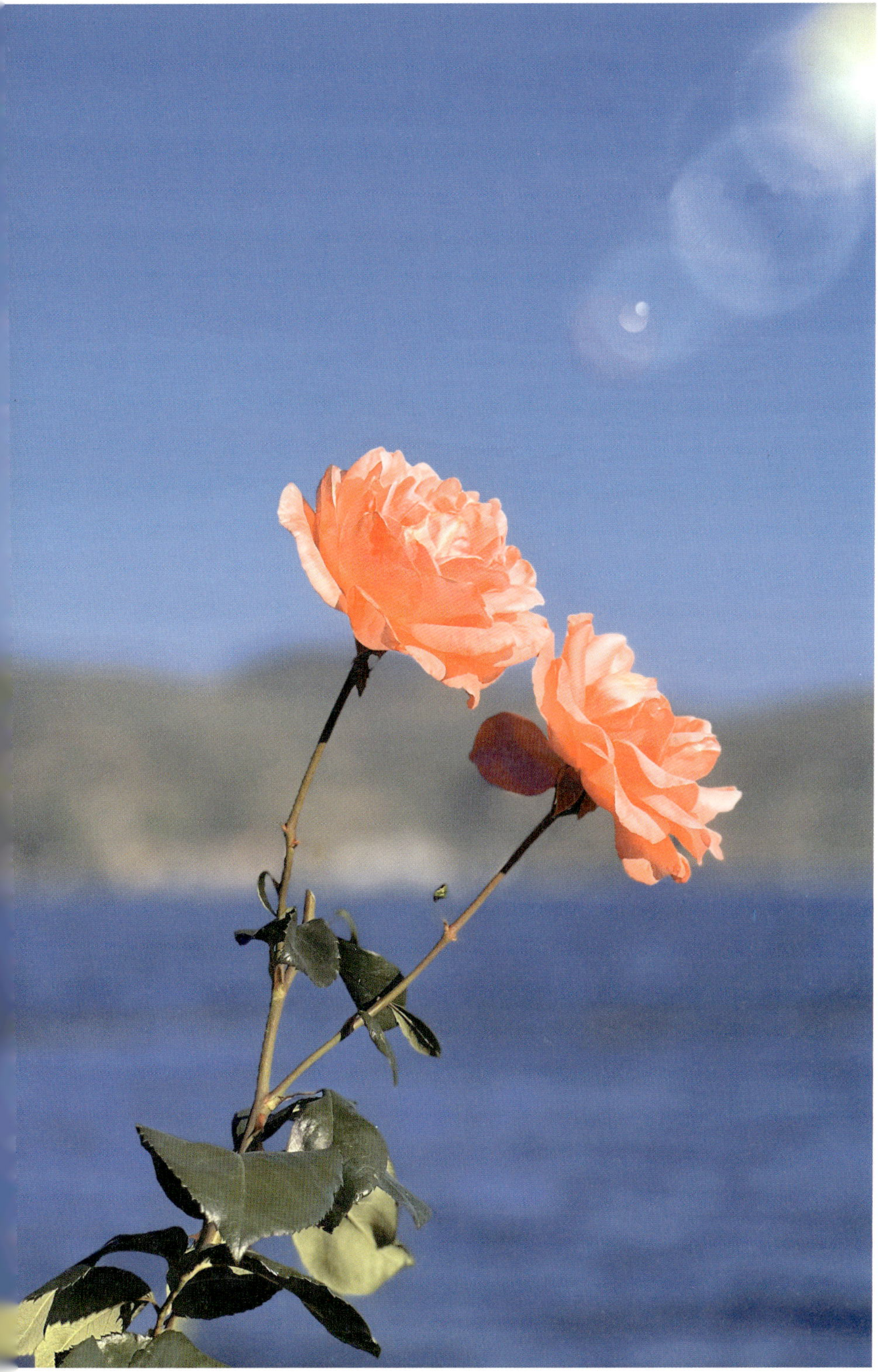

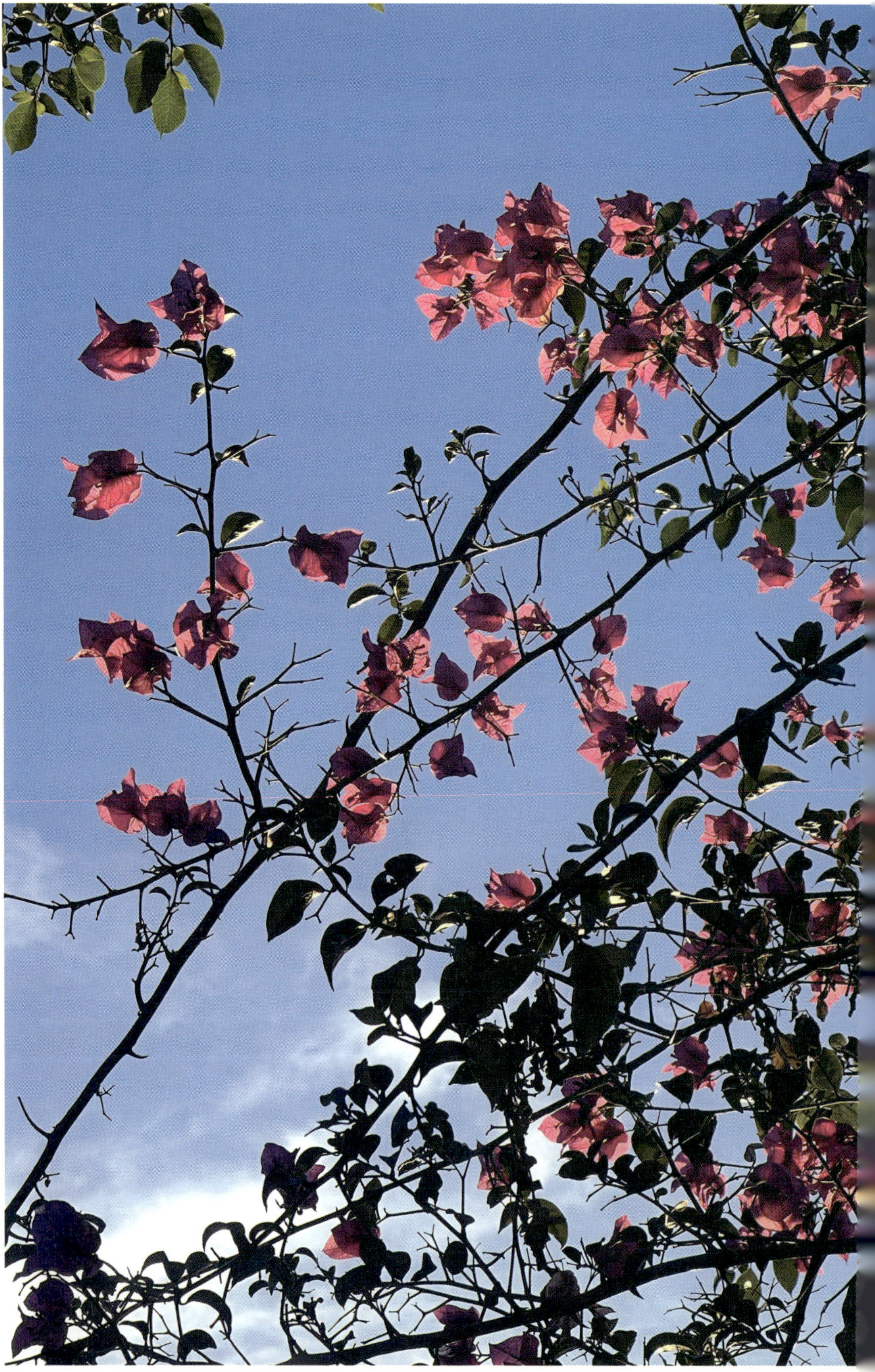

序

杨思远

2023年4月一个平常周末的午后，叔叔跟我说，"杨思远，我准备出版第二本散文集，要不你帮我写个序吧"，"好啊"，我欣然答应。

《一无的所有》是叔叔第二本新书的名字。想来也是机缘巧合，2022年开春，当所有的上海人被赋予了一次长时间在家待机的机会时，也许是空间上的静止打开了思绪上的灵感，叔叔再次开始了他的写作生涯。随着他的个人公众号高频率的更新，一篇篇鲜活跃动的文章时不时被分享出来，成为朋友们也成为我们大家庭在那段难得的岁月里感知多彩世界的窗口。

人往往就是这样，无心插柳柳却成荫，无意间的一次提笔，似乎成就了一个"业余作家"。2022年初起到现在短短一年多的时间，叔叔早已经完成四个系列、四十篇文章、近十二万字的作品，宛有全面转型专职作家的架势。

叔叔20世纪80年代中期毕业于上海财经学院（现上海财经大

学），毕业后他先获得留校机会成为一名青年教师，随后在国内资本市场方兴未艾之时入海，与彼时处于萌芽状态的证券行业同频共振。随着中国资本市场在起起伏伏中迎来波澜壮阔的发展，叔叔也在数十年的磨砺下成为了一名行业高级管理人员，成就了自己的一番事业。工作中，他是严谨进取的领导；生活中，他是活泼洒脱的长者，也是我们所有晚辈的老师，他时常为我们讲述的资本市场寻常往事与个人处事经验，尤其是年轻人该如何走稳、走宽、走远自己人生的路，潜移默化为晚辈树立起了正确的人生观、价值观、历史观，教会我们透过现象看清世界的本质。

叔叔常常跟我们说，人生就要多尝试，"不尝试怎么知道行不行，不尝试怎么体会人生的精彩"。叔叔的第一本书《生命的荣光》就是以马拉松为载体记录年过半百、没有太多运动经验的他开始学习跑步，并在短短的六年时间内成为国家马拉松业余一级运动员、百千米越野跑者、并实现"双百人生"（参与100个马拉松，发动100个人跑马拉松）的人生历程。而这一本《一无的所有》则是叔叔新的尝试，形式上，这本散文集短小精悍；内容上，则从工作到生活，从电影到历史，从大人物周有光到小区清洁工老张；知识上，从航空、航天到小小的筷子等，全书视角独特，覆盖广阔，文字深入浅出，诙谐幽默，独具个人风格。

本书中，多篇章节引发了我强烈的共鸣。因为自己也刚刚成为父亲，在读到《亲爱的小孩》一文时，就明白了父母把我们培养成人是多么不容易；从《放飞的风筝》，我又理解了现在的"鸡娃"现象，不免思考将来自己应该怎么培养小孩，需要尽到哪些责任。《人生的成本》则让我们边读边对当下的每个计划以及做出每一个决定所可能付出的成本进行测算，更科学客观全面地进行了一场深刻的自我剖析。《划拳》《磨刀人》《筷子》等则仿佛把我的思绪拉回到了童年，拉回到了那个没有车水马龙的喧嚣，没有红灯闪烁的急迫，只有清风和一晚好梦的宁静时代。或许是因为同为农村出生长大，又在绝对的逆境中实现了完全新的突破，在《俞敏洪的"红"》一文中，我读出了叔叔对俞敏洪由衷的敬佩，这种敬佩饱含价值观的共鸣、发自内心最朴素的对美好生活的向往，以及对社会正能量的肯定。此外，叔叔围绕当前热点词汇：内卷、躺平、迷茫、纠结等都给出了独到的见解。

现在，虽然叔叔已经离开工作岗位，但他仍然乐此不疲地忙碌着，他总是说：人生丰富自己最重要。当前的他有着多重的身份：他是企业顾问，努力帮助企业健康发展；他是上海市金融教育指导委员会副主任委员，为莘莘学子的发展献计献策；他仍然活跃在各大马拉松赛场，带领团队再创佳绩……这本书的出版，或将赋予叔叔新的内涵。叔叔总是跟我们说"人生要向前看"，他用自己的切身经历告诉我们，只要往前看，人生就一定能够持续高走，一定能活出自己的精彩。

希望您读完本书后，能与我一道感受到一颗智慧，火热，永远向上的心，也愿您在追求幸福和快乐的路上永葆初心，保持一份天真与浪漫。

2023 年 5 月

目 录
contents

序 .... 杨思远 001

生活文学系列

沉淀的时间 003
美丽的海棠 005
谷雨的思念 009
曾经的故事 018
安第斯山鹰 024
有趣的划拳 029
滴滴的司机 033
四月的心情 037
人生的成本 041
筷子的学问 045

希望文学系列

谷雨的崇拜 051
一无的所有 054
亲爱的小孩 063
航天的豆豆 070
无畏的希望 077
跑动的春天 083
放飞的风筝 088
天云山传奇 094
深山的呼唤 101
冬天的棉袄 108

人生文学系列

播种"顺"未来 119
更好的活法 122
自我的实现 129
梅西的微笑 134
进退的维谷 143
上马志愿者 146
解心的可能 152
梦中的父亲 155
留校的岁月 160

移民的往事 *164*

志物文学系列

俞敏洪的"红" *173*
刀郎的挣扎 *182*
周有光的"光" *190*
何杰的突破 *198*
巴菲特的"特" *203*
平凡人老张 *212*
慕生忠的"忠" *215*
磨剪子的人 *223*
铁道兵的"铁" *228*
书房的虚实 *237*

后　记 *240*

生活文学系列

沉淀的时间

我坐在台阶上,家里的边牧——但丁,这个黏人的小家伙,又马上跑过来坐到了我的旁边。它昂着头,锐利的目光凝视着前方。

于是,我的时间突然就像沉淀了一般。

自从有记忆以来,我的生命都是如此蓬勃,如此生机,如此盎然,如此充满活力。

而每遇此刻,我的时间就会像沉淀了一般。

早上醒来,打开房门,但丁——这据说有五六岁智商的宠物,早早地已蹲守门口。看到我,照例深深地伸个懒腰,然后嗲嗲地朝我看看,激动而又谨慎地走进房间,一副温情的样子。这是我很放不下的一刻。每天醒来,因睡眠质量原因,有时想多躺一会儿。但丁只要听到我的动静,就知道我已醒了,它便会在门口时不时地翻身,搞点动静,提醒我它在等我。我稍微慢一点,它便会用尾巴敲门,催促我快点起来,陪它出去转转。它要到大自然中去玩耍、要到大自然中去完成它每天的例行公事。尤其是它需要奔跑，它的人生就是奔跑，不停地奔跑。它要用它的奔跑，守护好它的羊群。但这里没有羊，这里是都市，这里只有如流的人们、如梭的车群。但丁，你的任务就是吃饱喝足躺平。但我知道，但丁，你是一条勤奋的犬，你从来没有忘记过你的使命。因此，你总是有节奏地敲着，直到我打开房门，直到你看到我，嗲嗲地在我面前露出你可爱的神情。

见到你的神情，我的内心总会涌上浅浅的幸福之情。揉揉你，我便开始洗漱。这时，你就会趴下，安静地等待着我喊出"走喽"的消息。但外面现在太黑太冷，黑得、冷得让你想象不到。但丁，你听，可能本该车辆轰鸣、人流川息的时刻，外面却是这样的安宁。这样安宁的时刻，你蹲候在我的旁边，安静地等着我，分秒都是人间的至美光阴。时间就像沉淀了一般。只有树叶有一阵没一阵地轻轻摇曳；只有小鸟呼唤着，不停地飞来飞去，寻找着它的归依。

时间像沉淀了一般，无声无息。

犹如修行的时刻。

但你是察觉不到的，但丁，在你的眼里，今天的我和昨天并无二致。你也不会在意我的心绪。你需要的是畅快的奔跑、自由的呼吸、大声的吼叫、温柔的慰藉。

太阳升起来了，但丁。今天的太阳似乎格外的靓丽，片片金光层层叠叠洒在大地。我慢慢看到，随着太阳的升起，大地开始缓缓流动，它正在发出春天奔跑的讯息。

美丽的海棠

清晨五点多,天色慢慢地亮了起来。

早起的虫儿,在周围逛来逛去;树上的鸟儿,在逐渐明亮的朝霞映照下,伸出了蜷缩的头,两只眼睛转悠着,新鲜地看着这春回的大地。鸟的肚子可能也有点饿了,正在考虑今天能弄点啥吃的。想吃的似乎都吃过了,每天大鱼大肉的,不感兴趣;太简单吧,又觉得对不起自己。想着想着,鸟儿扑棱了几下翅膀,无奈地唔了一声:还好没有结婚,更没有二娃三娃的,否则……

看着鸟儿不寻常的表情,刚刚醒来的我,平素都在欣喜的时刻,现如今思绪却有点凌乱。是啊,面临当今的压力,由不得我不多想一些。惊蛰前后,本是我们怒放的时节。我们海棠,是非常独特的品种。古人把美丽的女子,就比作海棠,女子的胭脂色就是我们海棠的颜色。宋代诗人陈与义有首诗就是这么说的:二月巴陵日月风,春寒未了却园公。海棠不惜胭脂色,独立蒙蒙细雨中。

我们公园里的海棠，就更独特。我们都是西府海棠，树干挺拔，树冠如伞，树花鲜亮而不妖艳；我们花型较大，花朵成簇，花瓣如缎，花蕾如玉。太阳下，我们花韵芬芳，花香迷人。与牡丹比，我们低调不张扬；与梅花比，我们热情又含蓄。我们既是远方的诗，更是人间的梦。

席慕容说，美丽的诗和美丽的梦一样，都是可遇而不可求的。

我们美丽的花和美丽的人一样，也是可遇而不可求的。

你们听听苏轼说得多好啊：东风袅袅泛崇光，香雾空蒙月转廊。只恐夜深花睡去，故烧高烛照红妆。

人家大诗人苏轼都这么留恋我们，天这么亮了，你们怎么还不赶快来看我们呀？

想着想着，心情稍微烦闷起来。

"姐姐姐姐，你怎么啦？"

海棠妹妹的叫声打断了我的沉思。

"哦，妹妹你醒啦？"

"是啊，姐姐，我昨天睡得不太好。想着马上要期中考试了，而我好几门功课心里都还没底。爸爸妈妈每天关心我们，给我们弄好吃的，看到我们有压力，就想尽办法让我们开心。老师们就更不用说了，虽然有时觉得他们挺无情的，但我明白那都是为我们好。如果考不好，觉得挺对不起他们的。"

"小小年纪不好好睡觉，想得倒还挺多。"

"那必须啊，姐姐，我们这么漂亮，但如果我们学习不好，那我们不就成为花瓶啦？我要让他们不是因为我们漂亮，而是因为我们有内涵而喜欢我们。但我就是觉得不太公平。明朝大画家唐寅唐伯虎不是说过嘛：褪尽东风满面妆，可怜蝶粉与蜂狂。自今意思谁能说，一片春心付海棠。"

"怎么了？妹妹。"

"姐姐，你要呼吁呼吁。你看哪，每年梅花开的时候，公园就搞什么'赏梅节'，而且一搞就是三个月，无论天多冷，都搞得人流如织。人们扛着长枪短炮，穿得花团锦簇，围着它们这个拍啊，左一张右一张的，弄得我们其他花就只有羡慕的分。但也没办法，谁叫我们那个时候还在含苞待放呢。但它'梅花香自苦寒来'又怎么了？现在中国已经是中等收入国家，我们不可能像以前那样'苦哈哈'地过日子了，努力是要努力，但已经不都是苦寒来了，我们现在是提高软实力的时候，这就是体现我们实力的时候呀，姐姐你说是吧？"

"你说的倒是这个理。以前吧，我想梅花在公园里是大家族，势力大、影响广。这么多年来，公园又年年给它们搞'赏梅节'，其他花都没分，把它们捧得太高，它们被宠坏了。当然了，宠它们也没关系，只是现在我们也是大家庭了，我们的花又这么有特色，是他们敬爱的周恩来总理最喜欢的花，也该我们发发声音了。"

"姐姐你说到周总理，我读过邓颖超奶奶专门写过一篇纪念周总理的散文《从西花厅海棠花忆起》。邓奶奶的文章饱含深情地说，你不是喜欢海棠花吗？解放初年，你偶然看到这个海棠花盛开的院落，就爱上了海棠花，也就爱上了这个院落，选定这个院落，到这个盛开着海棠花的院落来居住。你住了整整二十六年，我比你住得长，到现在已经是三十八年了……"

"二十六年。我们公园从 1996 年 9 月破土动工到现在也是二十六年了。时间过得真快。"

"姐姐，我们不说这些了，我饿了，我们去吃早饭吧。"

"好吧。我们就活在当下，自己多看看自己吧。金朝元好问说得对：枝间新绿一重重，小蕾深藏数点红。爱惜芳心莫轻吐，且教桃李闹春风。"

（本文采用拟人手法）

谷雨的思念

清明刚过，谷雨来临。窗外，一夜的雨可能累了，已稍稍停止；风，也安静了下来，没有声息；挂在树上的雨丝，还在渐渐地滴落，犹如我的眼泪。

一年了，母亲。虽然犹在眼前，但您老人家离开我们已整整一年了。

一年了。

一年中，因为多种原因，我没能回去看您几次，没能多给您磕几个头，上几炷香，献几束花。

对不起，母亲。

在我的思维中，是从来没有认为母亲会离我而去的。

这虽然有违常识。但我一直以为，我是母亲的命，只要我在，母亲就会在的。她是不会弃我不管的，是不会离我而去的。但就在去年4月18日，就在去年4月18日的清晨七点零五分，母亲却在我的眼前，在我盯着她哀恸的泪眼面前，慢慢地停止了呼吸。

她微闭的眼睛，无论我如何呼喊，再也没有睁开。

她真的弃了我走了。

她走得那样自然，那样安详，仿佛沉睡的莲花，在黑夜中收起了花瓣。

但我是您的儿子呀，您的儿子不想让您走呀！您的儿子需要您的教导、您的陪伴、您的呵护，还有您的叮嘱！

我对母亲的记忆，最早应该是在1972年。那正是"文革"中由于林彪的叛逃坠机而气氛相对宽松的时期。那一年，我开始上小学。要上学了，心里自然开心。但父母亲的脸色却是一天比一天严峻。慢慢地得知，由于我家成分地主，虽然同为公民，却不能享受九年制义务教育的政策，不能像贫下中农的孩子一样免学费，而必须交2块3毛钱才能走进教室。2块3毛，现在可能连一瓶汽水都买不到，但在"文革"中的那个年代，却是比天大的一笔钱。小孩不懂父母的难，要去报到了，就伸出小手向父母要钱。

听到要2块3毛钱，为难马上写在了父母的脸上。过了一会，只见母亲对父亲说了几句话，父亲便一言不发地转身走进里间，拿出一张折着的纸，小心翼翼地打开，里边包着的居然是一张一张的人民币。一毛的，两毛的，五毛的，居然还有一块的，我的眼睛瞪得大大的，好奇父亲哪来那么多钱？我怎么从来没有发现父亲有那么多钱？只见父亲一张一张地数着，数出靠他的一点手艺攒下的2块3毛钱，交给了母亲。母亲又小心翼翼地数了一遍。然后把我的手心掰开，很心疼地，把钱放在我的手心，又把我的手攥紧，叮嘱我说道：到了学校，一定要先把钱交给老师。我知道，那是母亲怕我把钱弄丢了。拿到钱，我迫不及待地挣脱母亲的手，在母亲的注视中，和其他小朋友一起，一溜烟地跑开了。

那个时候的学习，印象最深的，是语文课本第一页的五个字：毛主席万岁。

"文革"期间的农村，算命先生特别多，他们一个村子一个村子地走着。农村的那些大人们，可能出于内心的一种期盼，会非常自觉地掏出5分钱，请算命先生给自己的孩子算命。有一天傍晚，我家门口来了一位这样的先生。从来没有请过先生的母亲，突然请他给我们三个兄弟算算。算命先生拿到我们的生辰八字以后，念经似的算了起来。我看着算命先生的样子，觉得很好奇。好奇的既有算命先生的样子，也有自己未来的命运。

一会儿，先生对母亲说，你的三个儿子，都要上大学的。母亲听了，没问我们怎么可能上大学，却问以后我们会做什么。算命先生说，老大是吃技术饭的，老二是坐办公室的，老三大小是个领导。母亲一听，有点兴奋又非常忐忑地问：老大吃技术饭比较容易明白（那个时候的技术饭一般理解也就是个手艺人，如木匠、瓦匠之类），老二坐办公室是什么意思？先生说，坐办公室就是做做会计、做做老师之类。母亲听了后很高兴，她觉得儿子有希望、有出人头地的机会，不要像父母亲那样辛苦，就又多拿了几分钱给先生，先生高兴地走了。

夕阳下，母亲脸上的表情，始终兴奋得有点红润。我在旁边玩耍着，想着这些事情到底是什么意思？跟我有关系吗？多年以后，先生的预言居然都成了真。哥哥考上了化工仪表专业，成为了中石化自动化控制专家委员；弟弟一进大学就担任了校学生会团委书记，我则与最想进的南京大学历史系考古专业擦肩而过，来到上海成为了上海财经学院（现上海财经大学）的一名学生，并在毕业后被学校选中，留校做了一名老师，会计是我教的一门课程！

记不得是1973年还是1974年，张铁生由于抵制教育在考试时交了白卷，而被树为典型，成为了全国著名的"白卷英雄"。这一来，大家都不想读书了，周围的小朋友们纷纷退了学。我心里有点羡慕但不敢说，还是吊儿郎当地每天到学校去，一放学马上就跑出来，去干自己喜欢的割草放羊。其他大人们看到我母亲总是说：你儿子还上什么学呀？还不赶快让他们出来挣工分赚点钱。这时，母亲总是会说，我儿子以后要干活有的是时间，现在他们小，我就是要让他们多休息休息，养好身体。就这样，我们兄弟没有离开学校回到家里，我也是一直在学校晃着，直到晃成了一名坐办公室教会计的老师。

1978年，我初中毕业了。那一年，由于高考已经恢复，国家对教育的重视日益加强，开始进行局部的教育改革。其中的重点，一是新学年从春季招生改为秋季招生，二是初中设了初三，初中毕业考试成绩较好的人直接上高中，其他的进初三学习。没有想到平时吊儿郎当的我属于成绩较好的一类，可以直接上高中，就这样我进了杨庄中学。中学到我家的路是一条沟渠，大约五里地，母亲心疼儿子每天来回，立即跑到中学旁的亲戚家，帮我安排借宿。小床安排好了以后，母亲和亲戚在旁边聊天，我兴奋地在小床上蹦来蹦去，不知道是上高中的兴奋，还是终于离开父母的快乐。

这时，哥哥已经从南京回到溧阳，进了表哥所在的后周中学。这是一所在当地有名的学校，每年考上大学的人比较多。哥哥进了后周中学以后，学习能力进一步被挖掘了出来，成绩一路领先，很快成为了尖子生。母亲忙着家里的事，从来没有过问过我的学习，只是看看我期末考试的成绩单。有一天，母亲拿到我高中第一学年的期末考试成绩单，一看我的成绩都有80分左右，一下子语气急促地说道，平时看不到老二学习，考试都能及格，看来还可以，要马上安排转到后周中学学习（我现在看人看事主要是六个字：抓主流，看潜力，应该是深得母亲的精髓）。

母亲立即和表哥取得了联系，拿到了我到后周中学的学习名额，然后立即赶到杨庄中学，找到校长帮我转学。校长说这学生不错，要自己培养。母亲的态度很坚决，一定要把我转到更好的后周中学去。校长说，那要交10元钱。母亲一听是钱的事，虽然囊中羞涩，还是立即答应了下来，并像怕校长反悔似的，马上赶回家，拿出10元钱到学校，帮我办好了转学手续。去后周中学报到的当天，母亲挑着我的行李，一口气走四十几里地把我送到了学校。现在想来，母亲挑着的不是行李，而是希望。那一年，我十五岁。

上了高中以后，国家益发开始重视教育，但教师数量不足的矛盾日益尖锐。为了解决这一问题，国家推出了民办教师政策（即非正式教师编制，和现在的民办学校不是一回事）。母亲因为文化基础较好，平时诗词歌赋都很熟悉，被推荐去做民办教师。

母亲就此做上了幼儿园和小学的老师，走上讲台，教师的潜质瞬间被激发了出来。她带着孩子们，以小孩子们喜欢的轻松活泼的方式教孩子们唱儿歌、画图画、背诗词、学文化，很快成为了明星教师。她也因此被推选为溧阳市政协委员。

母亲的民办教师做了几年以后，国家的教育工作逐渐迈上了正轨，于是开始解决这一遗留问题。其中的一个措施，是民办转公办。也就是说，民办教师中做得好的可以有一定的名额转为公办教师，正式成为国家教师队伍中的一员，退休后可以拿退休金。但转成公办教师以后，农村的户口必须注销，自留地要收缴。

当时，父亲已经落实工作离开了农村，我们三个兄弟也先后上了大学，因此母亲不愿意转。旁边的人说，这么好的机会不转太可惜了，缪老师你太傻了。母亲说，现在的人都想着离开农村去城市，以后城里的人想回农村都回不来。旁边的人说，你退休金都不要？母亲说我有三个儿子我要什么退休金，三个儿子还会没能力给我养老？就这样，很多人都转公办了，母亲则一直是民办教师的身份，直到她的大孙子出生离开教师岗位。

1982年9月7日，是我到上海财经学院报到的日子。母亲帮我早早地理好行李，送我上学。那时交通甚为不便，我必须先坐公交车到无锡，然后从无锡转乘火车到上海。母亲说她只能送我到无锡，然后就要回溧阳处理事情。那时，我也没有去过无锡，更没有到过上海，所以完全没有地理概念。人处在上大学报到的兴奋中，也没有想过送不送的事情。车子到了无锡，母亲帮我提着行李，辗转来到火车站，又排了很长时间的队，终于帮我买到了去往上海的火车票。拿到火车票,我便说:"妈妈你回去吧。"母亲说:"我等你上了火车再回。"

等车的时间真的漫长。一边等待,我一边总是信心满满地劝母亲早点回去。母亲一再说,等我上了火车她再回。好不容易等到了开检上车的时间,我急忙提着行李上了车,站在火车门口,我转身朝母亲挥挥手,只见阳光下,母亲万分不舍的表情在我眼前闪动。我说:"妈妈放心吧,你回去吧。"母亲这才转身走了,急促地走了。

火车开了,那绿皮的火车"哐当哐当"地朝上海开去。突然间,一种无比孤独的情绪迅速升腾在我的心里。我似乎掉进了渺无人烟的冰窟窿,竭力挣扎着想爬上堤岸,却怎么也爬不上去。看着周边有妈妈陪着去报到的孩子,我惶恐地想,妈妈怎么走了呢?妈妈在我就不会这么孤独、这么孤立无援了,妈妈一定会保护我、一定不会让我受到伤害的。但妈妈已经回去了,就只有我一个人了。我惶恐着、孤独着,就这么一直在这种惶恐孤独的情绪中,被火车送到了上海。脑子里却从未想过妈妈是怎么回的家。

记忆中另有一件我想写又不想写的、具有鲜明时代烙印的事,就是父母两人经常吵架(看过电视剧《激情燃烧的岁月》的人,应该对此印象特别深刻)。常常为了一点小事,父母两人就会吵得不可开交,为了我们兄弟的事,那情景更是无法表达。记得有一年七八月份,那时我已经毕业留校做老师了,暑假回家后正坐在树下看书,父母亲忽然之间就吵起来了。我忍了一会儿终于忍耐不住,便有点不耐烦地对父母亲说:你们吵什么吵,你们能帮我们解决什么问题呢？意思是我们兄弟都在南京上海工作了，你们身在农村有多大能耐帮到我们？出发点是好的，只希望父母不要为我们操心，态度却不甚友好。

父母亲听到我的话倒是不吵了，我心里也为平息了父母亲的矛盾而略有得意。哪知多年以后，当我自己有了孩子，我才知道，什么叫"可怜天下父母心"！而我还有比较好的经济条件，父母亲的那个时代，面临的是一穷二白，面对的是邻居天天的热嘲：还让你们儿子读什么书呀？还不赶快让他们去挣钱，这样下去三个儿子连老婆都娶不到。正如当今的生娃焦虑症一样，父母亲承受的压力可想而知，只是我当时是多么的无知，面对父母的压力，是如此的不解！

……

2018年底，母亲突然患病，这就如父亲当时突然患病一样，让我无法接受而备受打击。坚强的外表下，是我内心的焦灼。但我宽慰自己，母亲是一个豁达的人，一定能渡过这一难关的。我也下定决心，要多陪陪母亲。母亲希望在老家休养以后，也下决心多回去看看她老人家，同时心里做了一个决定，2021年就离职回家，全身心照顾母亲。父亲走得早，母亲再有三长两短，我自己无法接受。每次回老家看母亲，高铁回到上海，看到出站通道里的这句话：父母在，尚知来处，父母去，只剩归途。我内心的伤感总无法平息。哪知天不遂人愿，我没能在2021年归家，却反而走上了新的工作岗位；回去看望母亲，也总是在匆忙之中完成。哪知天不遂人愿，母亲在4月18日的清晨，在4月18日的清晨七点零五分，永远闭上了她深邃的眼睛。

母亲走了，母亲她真的弃我而去了。出殡的那天，早晨五点多钟，我和大侄子一起去看墓地。黑蒙蒙的天边，一轮红日正在乌云中挣扎着升起，明亮的光开始照耀大地。忽然，一滴、两滴、三滴，滴滴滴滴，豆大的雨点突然随日而至。我和大侄子说，奶奶走了，天也哭了。回到家门口，雨点和太阳一起消失在了阴云里。多么伤悲的天气啊，母亲！

第二天一大早，天色朦胧之中，一只翠鸟飞到了家里，它停在杆上，任你们喧闹，都不想离去。我知道，那是母亲羽化了，是她老人家回家了。

母亲，您飞吧，飞向您向往的世界吧！

您的儿子、儿媳、孙子、孙媳们，都会永远护佑着您，永远爱您！

2022.4.18 谷雨时节

曾经的故事

来上海近四十年了。

四十年来,我始终被上海这座城市所吸引,被它那优美的城市、深厚的沉淀、友好的市民、发达的经济、开放的文化,以及精进的品格所吸引。

君可曾见,全世界有哪一座城市随处可见自己的城市精神、城市品格,极可能,只有上海:海纳百川,追求卓越,开明睿智,大气谦和。

这是对自己的要求,也是对未来的期许。

这是上海之所以能迅速崛起的动力。

解放初期,上海的老市长、中国革命的杰出领导者陈毅曾亲手写过:上海人民按自己的意志,建设人民的新上海。上海,也是在上海人民的手中,一步一步地成为了大家心目中世界上最好的城市、我们最好的家园。

我是 1982 年到上海求学。自从从农村踏上上海的土地,我也从一个十八岁的青葱年少，不知不觉成了一个年近六十、却仍被称为"新上海人"的小老头。虽然，很多人见到我都会说，也就五十不到吧；虽然，我每月都有250千米左右的跑量，马拉松成绩可以秒杀绝大部分同龄人或更年轻的人，但年龄是块砖，垒起来只会是高高的墙。

记得我上学时，有个老师正在讲课，而我正在开小差。一会儿他说，他快四十了。听到老师的话，开小差的我嘴角莞尔一笑：四十，那和我一点关系都没有。我的意思是，那对我来说，不是一个遥远的时间，而是永远不会到达的极点。

而如今，我却年近六十！我自己也不知道，我是如何就到了六十了。孔子说，逝者如斯夫，不舍昼夜。曾经那么天真地背诵着这些词句的我以及我们，相信再没有人敢怀疑。

因此就有人唱了：时间都去哪儿了？

台湾著名音乐人罗大佑在他的《光阴的故事》里，早就唱道：春天的花开秋天的风以及冬天的落阳，忧郁的青春年少的我曾经无知的这么想。

不是我不明白，这世界变化快！尤其是，上海。

我到上海求学以后，经常去两个地方：父亲那里和姑父家。

父亲"文革"结束恢复工作以后，作为工程师随单位到上海参与一些企业的技改。1983年，他来到了上海汽车零部件厂。这个现在已消失在时代洪流中的企业，在当时的上海赫赫有名，其地理位置，大家更不可能想到：陆家嘴，原上海证券交易所所在地。

记得我第一次过去，短短的五六千米，我现在一抬腿就到的距离，从学校出发，坐车、走路、摆渡，在历经几个小时后，终于到了上海汽车零部件厂时，热切的心瞬间凉了下来：工厂大门，锈迹斑斑，东倒西歪，偌大的厂房，到处都是灰尘，黑乎乎的。当时正值晚饭时间，车间里几台满身是油的设备，劳碌了一天都没了声息。车间里，随处堆放着各种东西，乱乱的。根据指点，往里走去，经过一个长长的甬道，我终于见到了父亲。父亲惊喜地说，小玉（我的小名）来啦。终于找到父亲，我那个开心啊，马上叫了声"爸爸"，安全感、幸福感、归宿感立马涌满了全身。

现在的很多人、尤其年轻人不能想象的是，在改革开放初期，在那通讯极不发达的年代，我能在遥远的上海见到自己的父亲，那是怎样一种恍如隔世的感觉。我相信我已安息的父亲，他也不会忘记，在遥远的上海，突然间见到自己在上海读大学的儿子时的恍如隔世。我一直记得，当厂里的工友们听到我是个大学生时，父亲脸上那骄傲的表情。

父亲拉着我的手说，来来，准备吃饭。坐在临时搭起的工棚、也是他们的食堂和宿舍里，我多次欲言又止，我难以想象这就是上海，这就是上海的大型企业！

自此以后，四十年过去了，每次经过浦东南路，我的眼前出现的不是这一幢那一幢的高楼大厦，而是上海汽车零部件厂。

在上海读书时，姑父姑姑也在上海，我就特别喜欢去他们家，他们也总希望我过去补补。还好比较近，周末就会经常去，有时还会带老乡同学一起去玩。每次去姑姑家，姑姑都会做好吃的给我吃。姑姑特别擅长做两个菜：酱鸭和烤菜。这两个菜都是要用老抽做的，颜色比较重。但姑姑做的味道实在太好了，所以我每次都会吃很多。直到现在，这两个菜都是我的最爱，只不过，如今已吃不到姑姑那个手艺了。

去姑姑家的另一个原因，是喜欢听姑父讲故事。姑父也是老家人，来到上海加入了上海基础工程公司（现属上海建工集团），专门负责安装等工作。偶然间，他说上海电视塔（青海路旧塔）是他们建的。我的好奇心一下被激发，就问姑父这么高的电视塔是怎么放上去的（众所周知，当时没有重型机械设备）？姑父总是微微地笑着，淡淡地说话。每次我问，他都轻描淡写地说，那很容易。怎么会容易？姑父，我就不可能把它架上去；我也不可能把上海万体馆的穹顶做成开合式的（上海万体馆的穹顶是中国体育馆中唯一一个可开可合的顶，也是我姑父他们建的）。

1982年9月，上海第二条过江隧道——延安东路隧道动工建设。1984年12月18日，主体工程圆形隧道，也就是从浦西到浦东的过江部分正式开工。在上海建过江隧道，当时全球唯一能提供盾构掘进机的英国劳合社认为不可行，因为上海黄浦江底全是流沙层。姑父他们接到任务后，经过认真研究，认为可以施工，就接受了这一任务（施工中确实也因流沙问题出过事故）。

我是个爱问问题的人，有次我问姑父：这盾构机在江底走，怎么就能保证它能走到浦东的指定位置（那时国内没有计算机，我也没有程序控制的概念，注意过的人也都知道，延安东路隧道不是直的）。当时专家们也没见过计算机啊。所以姑父说，这个难度很大，但难度更大的是掘到对岸的误差不能超过一米！听了这话，我当时就惊呆了。我一想，是啊，如果误差多了，那现在世纪大道的路都要重新规划！

但中国人太聪明了，生生把不可能变成了可能！自1989年投入营运，二十多年过去了，延安东路隧道始终车水马龙，从来没有出过问题。虽然，我知道在建设过程中也曾出过事故，所以在进入隧道时，尤其是在隧道中堵车时会有一丝不安，但那其实都是杞人忧天罢了。

这样的技术，现在已不足为道了。现在的中国，已是基建狂魔，只花了1200亿，港珠澳大桥都能建起来！

这就是中国人，不一般的中国人。他们具备着不一般的能力，过关斩将的能力！

无意中看到一部小制作的电影：《过昭关》。七十七岁的老农李福长，带着他八岁的孙子，骑着一部乡下的电动车，从郑州到三门峡看病中的战友。晚上走到半路，爷爷就安排孙子在车上睡觉。孙子说他不敢，在野外怕鬼。爷爷说不怕，鬼还怕你呢。小孩嘛，一哄就好。孙子就说，那你给我唱首歌吧，爷爷就嗯嗯呀呀地唱了起来。爷爷唱的肯定不是小朋友喜欢听的啊，所以孙子就不愿意，就说"爷爷你唱的是啥"。爷爷说：过昭关。孙子就问：啥是过昭关？

爷爷就说，这讲的是古代名将伍子胥的故事。伍子胥因父亲得罪了楚平王被杀，连他自己也被追杀。伍子胥就逃，一路逃到了这里——昭关，这是一个险要的所在。伍子胥想尽办法，总算从昭关逃了过去,到了吴国,帮吴王夺取了天下。故事讲完,爷爷感叹道,人哪,也是这样,过了昭关过潼关,过了潼关,还有山海关、嘉峪关,关关在前,关关都要过哎。

是啊,关关在前,关关都要过。这正如易中天所说,我就像趴在玻璃上的一只苍蝇,前途一片光明,就是找不到出路。都是关啊!但关关都必须过。过不去,就是一场危机。

但丘吉尔说,不要浪费任何一场危机。

事物,总是在危机中前行;社会,总是在危机中发展;而我们,总是在危机中得以成长。危机危机,危就是机嘛。

还好上海是一座开放、包容、创新的城市。在这样一所城市,我留下了过关再过关的奋斗故事。

经年以后,大家更会发现,经过了危机,自己原来都将"万里归来颜愈少";微笑,"笑时犹带岭梅香"。

这,就是我曾经的故事,也是人过关的魅力。

安第斯山鹰

这是一首老杨特别喜欢的曲子。

自从听过这首曲子,我就意识到,它已在老杨的心里谱下了悠长的调子。

它总会在他的心里,如诗如画地响起。

任天地辽阔、大海波澜、云卷云舒、日月光华,只要曲调响起,老杨的眼前,便看不到任何的存在,只有曲调的旋律,如磁铁吸着一般,浑身的细胞瞬间凝固。这时,老杨微闭起双眼,满脸恭敬,心里,是灿烂的阳光、起伏的大地、金黄的草场,还有我——那迎风翱翔的雄鹰,那是安第斯的山鹰。

这曲子,便是写我的、秘鲁著名的乐曲《山鹰之歌》。

这是谁谱的曲啊?这么让人想到诗和远方的曲子。

每当它在我的周围回荡,我总会清晰地感到,老杨似乎已不在尘世的某个角落,不再束缚在这满是尘埃的大地,任鸟鸣啁秋、轻风飘忽。老杨在天空的一隅,安坐在无边的天际,他仿佛是天空的唯一，身边，白云悄然隐去，眼前，金光铺满大地。似乎并不遥远的远方，是波浪般起伏的山峦，祥和平静。祥和平静的山峦上，是轻轻飘逸的草地，草地在阳光的柔暖中，如一个刚刚梳妆的女子，透着妩媚的气息。

这时，我从远处飞来，远远地飞来。只见我，披着黑色的羽衣，两翼伸展着，保持着潇洒的英姿，箭一般神出鬼没似的飞来。我的速度很快，但你看不到我的翅膀在动，好像我不是在飞，而是刷存在感似的，在刻意展示我潇洒的身躯。只见我，或远或近，或高或低，或南或北，或东或西，恣意飞翔，不曾停歇。在我眼前，天空是我的家，大地是我的铺，我是生灵的王者，我是你们歌唱的安第斯精灵。

安第斯山（Antis）位于南美洲西部，是一条长达8900千米、纵贯南北的山脉，与北美洲落基山脉（Rocky）隔中美洲而望。就单个山脉而言，它是世界上最长、也是除亚洲之外最高的山脉，平均海拔达到3660米，最高峰是著名的阿空加瓜峰（Aconcaqua），它是一座死火山，高度却在过去的200到400万年间增长了一倍。即使如此，它的海拔依然只有6962米，但它却是登山爱好者必要征服的土地。

作为并不那么雄伟的一座山脉，它能有如此的影响力，以至于人们只能用"山鹰之歌"这样的曲子来表达他们的情愫，抒发他们内心的牵挂和思念，伤感于自己无法像先人一样的勇敢，是因为这里诞生了一种文明，一种湮无踪迹却广为人知的文明：印加文明。

由于战争的缘故,这一文明已然消失。但马丘比丘的名字,却如日月星辰,照耀寰宇。

这一文明,更流传着一个古老的传说。

在安第斯山脉深处,有一个神秘的小人国。小人国的人们,身材只有50公分左右,却聪明灵慧,健壮彪硕,族群发达。在适者生存的年代,他们发明了武器,建造了房屋,创造了独特的结绳记事的交流方式"奇普(KHIPU)"……这些构成了世界上最早的文明。此外,他们还有一项独特的技能:缩头术。也就是这些小人可以根据情况,把头缩进自己的身体里。

在秘鲁的国立人类学和考古学博物馆,至今保存着几个已缩小的小人头原物。他们只有拳头大小,留着八字胡须,头上光秃秃的,脸上好像刚刚遇到了让他生气的事情,有点情绪。

创造了印加文明的这样的小人,引起了现代人的浓厚兴趣。1947年,挪威学者托尔·海雅达尔就曾冒死进入安第斯山密林考察,写成了《孤筏重洋》一书。

难忘我们祖先的文明啊,它的消失,让创造了它的生生世世的后代,魂牵梦萦,悲伤哭泣。

它在哪里呢?它不能只在我们心里,它要在我们的眼前。

这也是我的文明啊,我祖先的文明。

人们很清楚这样一个事实。

于是,人们非要给这样一首纯音乐,配上了他们想要的歌词:

(阿根廷):我宁愿做一个矮子而不是一个傻子……

我宁愿体验地球在我脚下的感受,
是的,我宁愿如此。
如果只能这样,我当然愿意。
(智利):啊,安第斯山雄壮的神鹰,请你带上我,回到安第斯的家,
我想回到可爱的故乡,和我的印加兄弟姐妹,生活在一起,
那是我梦寐以求的事。

听着这样的歌词,我的心里,无比撕裂。

人们啊,你们只知自己被束缚在大地上,只知自己唱的是悲伤的歌。你们怎知,在你们眼中无比自由的我,内心深处有着怎样的创口,流着怎样的热血?

在你们眼里自由的雄鹰,它四处翱翔,只是为了、只是为了寻找到我们古老的文明,那一夜消失、不复再来的文明。

这已然虚无缥缈的文明啊,为了你,我多少次飞过了安第斯山的城市村庄、山峦草地、沟壑牧场、河流森林。我没日没夜地飞着,不知道饿、不知道渴,不知道累、不知道困,我不知道深夜的黑暗,不知道风雨的危险。我只知道,世界给我的时间太少,我要在这有限的时间里,完成祖先交给我的使命。

我也想知道,我的祖上,究竟是怎样的伟大光景。

这,就是我之所以成为你们眼里的雄鹰,成为你们讴歌的一道风景。

排箫又吹起来了。悠扬的曲调中,无奈的、倾诉的声音瞬间

传进我的心里，倾诉得我不忍再听。我只能飞、只能飞了，我要飞向我心中遥远的文明。

这时，老杨忽然明白我了。他一下子睁大了眼睛，想寻找我的身影。而我，已经飞远了。

这时，一片片白云飘过来了。

（本文采用拟人化写法）

有趣的划拳

早些年,刚走上社会,喜欢呼朋唤友的热闹。

这热闹,不是为了吃什么喝什么,只是想以吃喝的形式来体现自己的存在、自己独自走上社会。

男人社会性动物的特征,在这觥筹交错中一览无遗。

觥筹交错中,年轻的荷尔蒙急剧上升的时刻,便焕发出了斗志。这时,少不了的自然是斗酒。无论白酒黄酒、啤酒葡萄酒,一杯一杯地下去,人都没有认输的时候。斗累了,便换个斗的形式,拉上对方划拳。于是,各自捏紧拳头,凝神屏息,眼睛盯着对方。随着"哥俩好啊""俩好俩好"的口令,剑拔弩张的划拳正式开场。

划拳一般两人进行,是双方一边喊出从0—10中的某一个数字,一边打开拳头,用手指伸出一个数字,然后用两人手指伸出的数字相加,结果和谁口中喊出的数字一致谁赢,另一方为输。如果都不对,再继续喊,直到有输赢为止,输方则需罚酒一杯。

这十一个数字,称为"拳令",伸出的拳头,雅称为"宝"。

这十一个普通得不能再普通的数字,到了这里,可不再普通,而是大有学问。

0,不能喊"零",只能喊"没有没有",就是一个数字都没有。这时,自己的拳头不能打开,更不能伸出手指,否则喊的人就输了。如果对方喊了"1"而出了拳头(代表0),则喊"没有"的人就赢。

1,一点点的谐音,代表少;但更是一殿殿的谐音。

这是因为古代奉行科举考试。科举考试的最高阶段是起源于西汉,发盛于武则天的殿试,是由皇帝亲自出题,亲自监考。第一名就是殿元,习惯叫状元,俗称"殿元一个",即一殿殿。

这样,1就从一点点的代表少,变成了一殿殿的代表最高境界。

2,划拳的起始数字,整个过程都从2开始。

凡有输赢,都需要重新从2开始。为了体现划拳双方是朋友、是哥们,所以2称为"哥俩好"。

3,三星照。

这可不是随便喊喊的。这三星,代表的是福星、禄星和寿星。在自然界,本没有这三颗星,它是汉族人想象出来的。这是因为古代人生活太艰苦了,于是抱着美好的愿望,希望上天能够赐予人们金钱、地位和长命百岁。

4,四喜财。

古代人讲的四喜,人尽皆知。只是可能没想到,划拳的四喜,就是那个"四喜":久旱逢甘霖,他乡遇故知,洞房花烛夜,金榜题名时。

5，五魁首。

这又是源于科举考试。明清时期，科举考试分五经：诗、书、礼、易、春秋。每经的第一名，称为经魁，又称魁首。五经同时取得第一名，称为"五魁首"。看来，会考试的人必须会喝酒，说不定多喊喊，就把自己喊成了"五魁首"了。

6，顾名思义就是六六顺。

那哪六顺呢？这六顺就是古代道德规范特别要求的"君义、臣行、父慈、子孝、兄爱、弟敬"。前两个讲的是领导有方、部下能干；后四个讲的是家庭和睦、长幼有序。

其实，在古代易经中，六属阴。所以六个六的卦象是大不顺。故喊六六大顺，是希望化厄为顺。

7，七个巧。

相传，古代农历七月初七，是勤劳朴实的牛郎和心灵手巧的织女一年一度相会的日子。这一天，妇女们都要向织女行祭拜礼，希望自己也像织女那样心灵手巧。织女名"乞巧"，谐音"七巧"。

8，八匹马。

这八匹马可不是徐悲鸿画的"八骏图"中的八马，而是古代周穆王常驾的八匹马。周穆王经常骑上他的八匹神马，四处游玩。他尤其喜欢到昆仑山瑶池，与西天王母娘娘吟诗唱曲，过着神仙般的日子。

9，久久久。

代表的是长长久久，一生都是好朋友，友谊地久天长。

10，满堂红。

十在阿拉伯数字中是一个两位数，但在中国数字中却是一位数，而且是一位数中最大的数。代表已经到顶，不能再高了。所以才有了十全十美这个成语。

风流倜傥、康健长寿的乾隆皇帝，在他亲撰的《十全记》中，称自己"文、治、武功、福禄寿"样样齐全，因此自称"十全老人"。

满堂红的意思，也就是说好得不能再好了。

所以，看似热闹的划拳，却寄托着人们的美好愿望，所以可不能为划拳而划拳呢。

滴滴的司机

临近清明了,周末便回老家祭祖,出行时叫了个滴滴。

三分钟后,一辆苏DMF165的白色小车,如约而至。

上了车,窄小的空间里,只有两个人:司机和我。

司机李师傅在确认相关信息后,启动了车子。

李师傅个子不高,略胖,蓬松的头发下,是黝黑而又稍显沧桑的脸庞。从后面看去,黝黑而又稍显沧桑的脸庞上,是他认真又谨慎的表情。他认真又谨慎地开车的样子,似乎藏着他不一样的故事。

于是,便有心和他聊聊。

在这个并不算大的县城,半个小时的路程,也是一段不短的时光。

甫一开口,才知李师傅是个健谈之人。

李师傅告诉我,这是他开滴滴的第三十七天,"我每一天都记得的。"李师傅说。

果然，李师傅是个认真而有心的人。

李师傅说，他原来在同学的公司工作，是一个项目公司的负责人，也就是别人称之为"李总"一类的。但这几年，由于各种原因，公司越来越不景气，尤其是被三角债拖累。公司的现金流几乎枯竭，已经连工资都发不出来了。老板也已被"限高（限制高消费，如出行不能乘飞机、高铁等共九项）"。生活的压力之下，李师傅不愿意像其他人那样混着，便提交了辞职报告，拿着老板同学写的尚未支付的六十多万的欠条，出来开了滴滴。

"现在淡季，一天三四百块钱，春节等旺季一天有五六百""人很辛苦，要从早上六点做到晚上十点，但总比坐着好，我还有两个小孩要养呢"，李师傅平静地说。

三角债，又是三角债！20世纪90年代初，在邓小平"南巡讲话"后不久，经济刚刚开始复苏的当口，全国三角债问题十分严重地暴露了出来。工厂收不到货款，工人拿不到工资，税务不能及时拿到税收，国家财政的运行遇到了极其艰难的局面，通货膨胀急剧上升。对此局面，时任国务院主管经济的副总理朱镕基忧心如焚，他意识到这样下去不行，必须坚决整顿。就此，全国开展了长达两年多的清理三角债运动。学界积极响应，对这一市场经济下的新问题展开了热烈的讨论，我作为青年讲师，也有论文入选并被归并成册。

没承想，近三十年过去，三角债问题再次死灰复燃，且如此深刻而广泛地影响到了民生。

"那你出来开滴滴家里支持？"我有意无意地问。

"支持啊。"李师傅说，很坦然地说。李师傅不愧是"李总"，他不是简单地一问一答，他会谈他的想法。

他说，家里支持不支持是一方面，其实也不是太重要。之前同事打电话问他现在干啥，他说开滴滴，同事们都很惊讶，说"李总你怎么开起了滴滴"？他说这有什么。以前他的那些手艺，现在用不上了，其他的也不会，已经四十三岁的人，学起来也不可能了，就把家里的车申请了滴滴。

"挺方便的。""我还有两个孩子要养呢。"

李师傅又一次说到了孩子。

"小孩多大了？"

"一个高三，一个三岁，都是男孩。"

"那大的今年就要高考了？"

"是啊，压力挺大的。"

"在什么中学？"

"省溧中。"

"那是最好的中学啊！"

"大家都这么说，但我儿子学习不算好。"

作为一个20世纪80年代考上大学，因此而走出农村的青年学生、现在特别关心青年人成长的自己，对此问题与李师傅深入交流了起来。

李师傅说，他儿子挺刻苦的，一有时间就学习，就是考试成绩上不去。他和老师沟通，老师说你也不要逼他，他已经尽力了，言下之意是没有多少潜力。作为父亲的他自然明白，所以他只希望儿子考个师范，以后回来做个老师。

"都说王侯将相宁有种乎？王侯将相就是有种，我们普通人，不能好高骛远。"李师傅的话让我一惊，这是我第一次听到有人这样说。

"你倒想得挺明白。"

"不明白又能怎样？高考是公平的，谁都想考上北大清华，也要自己考得上啊。我儿子的这个成绩，考个师范回来做老师挺好，他的性格太温和，在外面要吃亏的。再说做老师不需要拼爹，我这个爹也没啥好拼的。"

听着他的话，想着考大学后的自己，我沉默了。

多么明智的父亲，多么朴实的父爱！

在滴滴稳稳的行驶中，半个小时过去了，我的目的地也到了。两个男人、两位父子之间的对话，结束了。而它又尚未结束，它始终萦绕在我的耳际，回荡在我的心里。

"哀哀父母，生我劬（qu）劳"，《诗经》上说。

但李师傅，你也不必担心你的儿子。陆游在《五更读书示子》中说了，"吾儿虽戆素业存，颇能伴翁饱菜根。万钟一品不足论，时来出手苏（拯救、解救）元元（泛指人民百姓）"。

四月的心情

4月,民国才女林徽因称之为"最美人间四月天"的时节。

犹记得3月初,有朋友发了一条微信,题目叫"4月,请把日子过成一首诗"。文中说:

4月至,忘烦忧;4月至,觅知己;

4月至,愿君安;4月至,惜流年;

4月至,渡清欢;4月至,故人归;

4月至,赏花蝶;4月至,待未来。

充满诗情画意的文字中,或诗或歌,或图或画,或花或草,或莺或蝶,让人对即将到来的4月,充满了向往。尤其是苏轼的一首《浣溪沙》,清冽醉人,让我更如甘荠一般,对即将到来的4月,充满了期盼之情:

细雨斜风作晓寒,淡烟疏柳媚晴滩。入淮清洛渐漫漫。

雪沫乳花浮午盏,蓼茸蒿笋试春盘。人间有味是清欢。

本来嘛，4月，就是一个有吃有喝有肉有花的季节。君可知，4月的英文April，就是拉丁文Aprilis演变而来，它的意思就是开花的日子。

想着广阔天地无尽的风景，我们多想成为自己的上帝，在此时节可以遨游天地。

世界排名第一的电影《肖申克的救赎》里说，每个人都是自己的上帝，他们都在忙，有的忙着死，有的忙着生。

而我们现在，是忙着活。在这样一个竞争的环境中，总有一种无边的压力在环绕自己。这压力，让我时不时地感到不测，感到没有独立的自己。

林徽因说：对着这不测的人生，谁不感到诧异？对着那许多事实的痕迹，又如何不感到人力的脆弱、智力的极限？这事尽有定数？世事尽是偶然？

这多少让人不知该如何自处。甚至不知道，我是该多待在幸福的依靠、温柔的港湾的家？还是该走出围城，浪迹天涯？

城外的人想冲进去，城里的人想冲出来，人生大抵不过如此。钱锺书说。

经常的迷惑，让我感觉人还是那个人，只是灵魂，似乎已不是那个灵魂。

这不正是李煜李后主在他的《鹊踏枝》中所说：谁道闲情抛弃久，每到春来惆怅还依旧！

李煜惆怅的是国家的灭亡、繁华的消失。我们惆怅的是什么呢？是岁月的流逝、是自我的迷失。

肯尼迪说，一个人被奴役，所有人都不自由。

哈耶克说，自由，服从共同的抽象规则；奴役，服从共同的具体目标。

在自由和奴役的夹缝中生存的我们，因此必须充满希望地活着。

因为万物之中，希望最美，最美之物，永不凋零。

虽然希望是件十分危险的事，它甚至能够让人发疯。

宇宙人马斯克说得很对，我宁愿错误地乐观，而不要悲观地正确。因为悲观没有意义。生命的意义就是旅途本身，要享受这个过程，然后尽可能让自己的未来变得激动人心。

这对你或许不是个事，但对绝大多数人来说，谈何容易啊，马教头。

正因为如此，19世纪末，随着工业革命取得的丰硕成果，西方出现了颓废美学。人们开始反思，社会在取得如此巨大的繁华之后，繁华的意义究竟在哪里？

于是，出现了"迷失的一代"，典型者，如海明威，这个海边的老人。

其实，本质上来说，人都是在寻找自己的位置。这位置，不是在办公桌，而在人的心里。

这时，在每个人面前，繁华不过是一抹细沙。风吹过，细沙横飞，繁华自流。

台湾著名学者蒋勋对此有很深的感悟。他说，政治安定，经济繁荣之后，人会产生更大的感伤，他会回到人自身的生命里去做反省与沉淀。

当一个人没法拼搏、无力拼搏，或拼搏得遍体鳞伤的时候，人心里面木质性的生命的落寞就会出现。这个时候，人就会倾向于哲学，更多的是宗教。他必须让他挣扎的内心，得到安宁。

所以对于大多数人来说，所谓的闲情逸致，不过是个借口罢了。诗和远方，只是寄托。

蒋勋说，闲情是一个你说不出来的什么情。因为你没有办法解释，为什么一个下午买一杯咖啡坐在那，然后看着窗外的阳光，却说不出来你的落寞。

宋代诗人秦观曾有词云：

漠漠轻寒上小楼，晓阴无奈是穷秋。淡烟流水画屏幽。
自在飞花轻似梦，无边丝雨细如愁。宝帘闲挂小银钩。

由此看来，这个问题是古往今来、古今中外共性的问题。

难怪叔本华说：人生有两大不幸，得不到你想要的生活，得到了你想要的生活。

写到这里，外面的蛙声，已不知何时停息。拉开窗帘，幽静的夜空，静谧深邃。远处，闪烁的灯光告诉我，在这最美的人间四月天，我一定会得到：我想要的生活。

人生的成本

人生还有成本?

人生的成本是什么?

是的,人生有成本。人生的成本,不是生活的成本,开门七件事:柴米油盐酱醋茶之类,以金钱的形式体现出来的成本。

人生的成本,是人生在世,无论你与谁相处,无论你做何选择,都会在无意识或无选择的状态下面临的、有时明确、有时往往是意料不到的成本。它是以非物质的形式体现,但往往具有巨大物质效应的成本。这些成本,既是经济学概念,又非完全意义上的经济学内涵。

据我的理解,这些成本主要有:摩擦成本、机会成本、交易成本、冲击成本和沉没成本。

顾名思义,摩擦成本是因摩擦产生的成本。它来自于物理学概念,多指物体在运动过程中对运动产生阻力而产生的消耗力量。如果摩擦系数为零,则理论上物体能持续永久运行。摩擦成本则是指正常投资成本之外所消耗的成本，包括税务成本、费用成本、时间成本等。

机会成本的概念有点复杂。它是指在无市场价格的情况下，资源使用的成本可以用所牺牲的替代用途的收入来估算。简而言之，你的收益不是直接用你付出的成本来衡量，而是存在机会收益。或者说，你选择了这个机会，就不能选择另一个机会，那你得到的可能会有很大差别。这里隐含着成本。

交易成本是指达成一笔交易所要花费的成本，也指买卖过程中所花费的全部时间成本和货币成本。

概念上的冲击成本，是指在证券交易中需要迅速而且大规模的买进或卖出，但没有那么多卖盘和买盘。为了达成交易，只能以更高的价格买进或更低的价格卖出而需更多支付的成本。

沉没成本，是已发生的或已承诺、但无法回收的成本支出。比如因决策失误而造成的不可回收的投资。它属于历史成本。

这些经济学意义上的成本，我为什么会把它们说成是人生的成本呢？

因为在我们的人生中，这些看不见摸不着、习以为常的成本实在太多了。因此，只要这些成本越小，人生就一定会越好。也就是说，我们人生的使命，就是要尽可能避免或降低这些成本，以使我们人生的边际效用最大化。

以摩擦成本为例。我们人作为社会性动物，都喜欢和人相处，也避不开和人相处。如家人、同事、同学等。这本应该是非常和谐的群体，却因为距离近，反而会为了一件小事、一句口舌而矛盾频起，甚至闹得不可开交，严重影响了双方的感情，闹翻分手的也不在少数。这就是人生中的摩擦成本，而且是最常见最普遍的成本。这项成本越低，关系就越和谐，人生就越幸福。

机会成本大多和个人有关。比如你只有 10 块钱去买菜，买了鱼就不能买虾；同样的，你去旅游，选择去了三亚，就不能在同一时间去新疆。这些选择，虽然存在机会成本，但毕竟无伤大雅。如果是婚姻或工作或创业，那差别就大了。

记得我刚留校工作时，母亲操心我的未来，便通过亲戚介绍我去当地银行工作。那天，面试结束走出办公大楼，绚丽的阳光下，我想这单位小了一点吧，自说自话就没去，而是继续留在了上海。虽然当时工资很低，但毕竟后来有了一定的发展。

市场经济里，交易更是无处不在。只要有交易，就必然发生交易成本。比如买房，房价之外的交易成本，可能会占到总房价的 10% 左右。所以，如果为了居住经常地买房卖房，显然是极不明智的。早在 20 世纪 90 年代，一个朋友要结婚买房，我说你买几房，他说二房。我说那不行啊，必须得买三房，小三房也行。因为都是外地人，只要生了小孩，有个人过来帮忙带，二房立即就会捉襟见肘。所以，即使借点钱也要买三房。当时的房价四五千块，一个房间按十个平方米算也就四五万，这比到时候被迫换房简单多了。朋友听了我的，果然很久不用换房。

现在，国家的计划生育政策放开了，所以买房尽量要买四房。但四房是很不好买的。因为中国的房地产市场，发端于计划生育非常严格的时期。所以无论多大的面积，一般的房型，都是大二房或三房，再加两个厅。这在一孩时代，基本没有问题。但现在越来越多的二孩三孩，都逐渐地需要有独立空间、独立学习的地方，那就非得四房或以上不可了。但四房真的很少。两套吧，不一定在一起，照顾起来不方便，还涉及到最关键的房票问题。

沉没成本是很可怕的成本。因为它基本和失败相关，这是不可能有正向激励或回报的。但沉没成本却很难逃避，任何人都是如此，因为人总有做错的时候。

冲击成本在交易中只是额外多支出了一些费用，但在人生中如果经常遭遇冲击成本，那就会很麻烦。比如一个人身体不好，经常要去医院，其在时间、金钱和精神上的消耗，往往难以估量。更可怕的是，一个人因违法乱纪受到惩罚，是无法挽回的冲击成本。这是绝对不可以出现的。

以上五个成本，是人生中比较关键的成本，但并不是全部的成本。这些成本在一个人身上，也不是都会出现的，或同时出现。但它们是无处不在的，有时又是防不胜防的。有的人会有很强的这样的成本意识，有的人则会不以为然，甚至嗤之以鼻，这都可以理解。人嘛，有的人重视收益，有的人重视成本。我是从农村出来的，从一无所有的处境中长大的，所以更在乎成本。没办法，输不起啊。

我不止一次地体会过，"欲渡黄河冰塞川、将登太行雪满山"的窘境。

纳兰性德则是这样体会的：一生一代一双人，争教两处销魂。

或许，这都是人必须承受的。那就把这些成本，当作学费。

筷子的学问

中国人的生活，离不开筷子。

离开了筷子，中国人基本都没法生活。

因为，筷子解决了中国人的吃饭问题。人生中没有一件事情，比吃饭更重要的了。

可能平时用筷子吃饭，都习以为常了。无论是在家里、饭店或酒店，只要到了吃饭时间，坐在餐桌前，就会看筷子放好了没有，或者筷子在哪里去取筷子，却从未考虑过中国人为什么会有筷子。

西方人吃饭，都是用十六十七世纪才发明的钢制刀叉。

有关中国人为什么会有筷子，比较普遍的说法是，当年大禹治水时，经常在野外作业。东西烧熟后没法马上吃，大禹就把树枝用来当作吃饭的工具，慢慢地就有了筷子。根据中国典籍中的记载，筷子距今已有三千年以上的历史。

当初，筷子不叫筷子，而叫做"箸"。李自《行路难》曾有诗云：停杯投箸不能食，拔剑四顾心茫然。《荀子非十二子》说：知命者也，箸是者也。《西游记》里，则无奈地说：仓促无肴，不敢苦劝，请再进一箸。

后来，箸由于它的方便性，迅速传到了朝鲜、日本、越南等汉文化圈的国家。

目前，国内仍称筷子为箸的地方，有福建（闽语区）、广东潮汕、台湾、浙江温州等地。其他地方，则在明朝时把箸改称为了筷子。这主要是因为在江南地区，出行主要靠船。但天气变化大，对靠农业为生的老百姓来说，箸谐音"住"，也就是停住、停止的意思。先人们认为，这个音调不是很吉利，遂用了它的反义词"快"，再因筷子经常是用竹子做成，就把箸改称为了筷，表示顺顺当当、一帆风顺。

这良好的寓意背后，筷子的学问更大。

筷子要两根同时使用才能吃上饭，称为"一双"，而不能说：给我两根筷子。如果谁说给我两根筷子，那一定不是中国人。因为中国人讲究"好事成双""成双入对""智勇双全"。《山海经》说："南海之外，赤水之西，流沙之东，有三青兽相并，名双双。"可见，这个始见于战国的文字，寄托了中国人特有的美好愿望。

筷子的造型，无论是用木、用竹、或用玉、用钢做成，都必定是一头方、一头圆。也就是手握的那头是方的、夹菜的那头是圆的。它的直接含义是中国人讲的天圆地方。古人把对世界的认知，运用于平时吃饭的筷子，既反映了他们对世界的认识，又把这认识和自己的日常生活联系在一起，象征着他们的伟大理想和高尚品德。可能有人认为，古人的认识不对啊，天不一定圆、地也不是方。

这里有个误解。天圆地方，不是地理学概念，而是阴阳学思想，是古代哲学思想在生活中的反映。在这里，天与圆代表运动，地与方象征静止。两者结合就是阴阳平衡，动静相宜，它是古人讨论"天之道"和"地之道"的一种方式。天圆地方反映的核心理念是天人合一。

巧妙的是，筷子一头圆一头方，放在碗上就不会滚落。这既具有实用性，也是古人希望稳定、力图平衡的思想智慧在生活中的客观运用。

更有学问的是，筷子的长度刚好是7寸6分。这首先是黄金分割法的原则要求。因为筷子的长度和手握着它的感觉要匹配，太长或过短，手感不会好，也会影响夹菜的感觉和效果，更不符合美学要求。现在，在有的火锅店，为了捞菜方便，会另外准备一根长筷子，可以套在普通筷子上使用，而不会直接把筷子做长。这是在坚守筷子设计的基本要求，而不随意破坏古人定下的规则。

筷子七寸六分的长度，则大有讲究。它代表的是人有七情六欲。"七情"语出《礼记·礼运》，是指人的喜、怒、哀、惧、爱、恶、欲。"六欲"语出《吕氏春秋》，是指人的生、死、耳、目、口、鼻。七情与人的情感需求有关，六欲与人的生理需求有关，所以医家认为，七情是指喜、怒、忧、思、悲、恐、惊。《大智度论》认为，六欲是指色欲、形貌欲、仪态欲、语言欲、细滑欲和人相欲。也有指求生欲、求知欲、表达欲、表现欲、舒适欲、情欲等。

七情六欲是人最本质、最本能的情感，是人赖以生存、生活以及幸福等的基础。古往今来，多少文人墨客用独特的词句，记录下了人生中七情六欲的点点滴滴。如岳飞的"莫等闲，白了少年头，空悲切"；如曹操的"对酒当歌，人生几何！比如朝露，去日苦多"；如秦观的"纤云弄巧，飞星传恨，银汉迢迢暗渡……两情若是久长时，又岂在朝朝暮暮"。更有毛泽东的"孩儿立志出乡关，学不成名誓不还。埋骨何须桑梓地，人生无处不青山"。

　　从这些可知，小小的一双筷子，其学问真的大得很。它不仅包含了深厚的传统文化、人生理想，还以非常简单的方式，解决了人吃饭时除喝汤以外的所有需求。当然，如果把筷子做成空心的，那喝汤问题也解决了。古人不这么做，不是他们没想到，而是如果通过筷子喝汤，一是容易弄脏筷子柄，不卫生；二是容易烫到喉咙。

　　筷子还是杠杆原理的完美实践。吃饭时，人的手一定要握在筷子上端七分的位置，才能游刃有余地吃到自己想吃的任何东西，往上一点或下一点，就不能随心所欲地享受美食……

　　真是大道至简。

　　小筷子，大学问。

希望文学系列

谷雨的崇拜

4月20日上午10点24分07秒,二十四节气中的第六节气——谷雨,悄然降落人间。我不知道那一秒有什么特别,为什么这就是谷雨的生辰、它的八字?但老祖宗不会错,我们只要按他的做。

谷雨,grainrain,外国人造字也特别。

谷雨,雨生百谷。一年中最好的时节,就在我们不经意的忙碌中,按它的节奏准备把春天送别。

这节奏,或许我们连回眸的时间都没有。

民间谚语云,清明麻,谷雨花,立夏栽稻点芝麻。意思是说,谷雨一到,大自然万物苏醒,农民开始忙碌。一年的希望,都在此时种下。

谷雨是旺迅,一刻值千金。

萨顶顶在《万物生》中唱道:我看见山鹰在寂寞两条鱼上飞,两条鱼儿穿过海一样咸的河水;……你说那时屋后面有白茫茫茫雪呀，山谷里有金黄旗子在大风里飘呀。

万物，就这么生了。

所以古人说，谷雨时节莫怠慢，抓紧栽种苇藕芡。

谷雨，不能浪费的时节。

谷雨，我崇拜的时节。

当此特殊时节，特作打油诗和现代诗各一首，以纪念与友朋同好：

01

白日晴光熏，夜来丝雨柔。

早起览春色，雨粘花红羞。

昨晨是谷雨，一年春欲溜。

难怪蛙声里，道出心中愁。

02

我是个谷雨崇拜者

我是个谷雨崇拜者哟！

我崇拜天，崇拜地，

崇拜山，崇拜川；

我崇拜云，崇拜雾，

我崇拜光,崇拜凌厉的风;

我崇拜鸟,崇拜虫,
崇拜光明,崇拜自由;

我崇拜沙漠,崇拜海洋,
我崇拜长城,崇拜蓝色的火焰;

我崇拜牛,崇拜田,
崇拜斗笠,崇拜农民;

我崇拜播,崇拜种,
我崇拜灌,崇拜金秋的收获;

我是个节气的崇拜者哟;

我崇拜谷雨。

一无的所有

4月15日,一个寻常却不一定普通的日子,有两条刷屏的消息:原中共中央总书记胡耀邦逝世33周年,以及晚上9点,中国摇滚乐之父崔健首届线上"继续撒点野"演唱会。

这是两个都和我有点"渊源"的事。

01

1986年7月,大学毕业刚一留校任教,便得到通知说,我被选拔参加讲师团,9月开学要去南汇三灶中学工作一年。

"讲师团?讲师团是什么?"

经了解才知道,中国改革开放以后,教育事业发展很快,但基层教师队伍严重欠缺。于是,耀邦总书记决定鼓励机关高校委派相应人员到基层支教。中央各部委和高校作为中央讲师团到中西部老少边穷地区,地方各机关高校作为地方讲师团,就近参加支教工作。就这样,我来到了南汇县三灶中学,地点:现野生动物园所在地。

住在用半空的隔板隔成的临时宿舍(隔壁为教务处),除了出发时学校配给用来做饭的一只煤油炉和一把用来到街上老虎灶打水的热水瓶(那时候学校都没有食堂、浴室等),我一无所有。

晚上,其他老师学生都回家了,学校空无一人,只有我。还有的,就是一年三百天都会不停吹来的海边的风。这不肯稍息的风啊,总是勤勤恳恳地把多年没有维修、永远关不上的木质门窗,吹得乒乓作响,让我恐惧的内心,不知是更加恐惧,还是稍显安宁。

于是就盼望周末,就盼望周末能回到市里。

麻烦的是,刚去不久,1986年动乱开始,外滩市政府门前挤满了游行的学生。我周末下午要从国定路乘99路到五角场,换乘55路到十六铺摆渡过黄浦江,再乘沪南线到惠南镇,从惠南镇再转车到三灶。现在开车不到一个小时的路程,当时要花五六个小时才能到达。后来,为了不影响周一的上课,我只能不回市里。

周末,孤独的我更加孤独。

我至今清晰地记得,在那除了生命几乎一无所有的年代,想学的同学是如何求知若渴,而不想学习的同学又是如何的不听不学。

同学们,你们现在都还好吗?应该都生活充实、儿孙绕膝了吧?

如果是这样就好,这是你们该有的美好生活。

巧的是，就在前不久，我还对了一副与胡耀邦有关的对联，一副三十年没有对出的号称"绝对"的对联：

耀邦，耀中华之邦，邦耀中华
强业，强千秋之业，业强千秋

1995年，三灶中学所在地，正式成为上海野生动物园，153公顷（2300亩）的宽广大地，成为了上万只珍稀野生动物在此撒点儿野的乐园。

02

4月15日晚上9点，崔健带着四千六百万的观众，一起在线上"继续撒点野"。晚上11∶30前，我也在其列。很久没有这样熬夜了。谁让崔健伴随了我的青春、我的人生。

崔健成名于1986年，正是我即将从学校毕业走上社会之年，这时，心里欣喜之余也充满惶恐。是年5月9日，北京工人体育馆举办百名歌星演唱会。改革开放八年了，社会发展从探索期，经过混沌阶段，平和清朗的氛围开始形成。崔健作为摇滚乐派的代表人物，也在邀请之列。

但就在四年前的1982年，《人民音乐》杂志还专门出版《怎样鉴别黄色歌曲》的文集。其中有篇文章说，"黄色歌曲的特点是：音乐上，大量采用软化、动荡、带有诱惑性的节奏，旋律多采用叙述性与歌唱性相结合的写法，配以比较细致的伴奏……一场摇滚乐集会，实际上就是一场疯狂的骚乱"。

5月9日，崔健在北京工人体育馆"骚乱"的氛围中，带来了一首空旷幽华、直击灵魂的歌曲：《一无所有》。

> 我曾经问个不休
> 你何时跟我走
> 而你却总是笑我
> 一无所有
> 我要给你我的追求
> 还有我的自由
> ……
> 这时你的手在颤抖
> 这时你的泪在流
> 莫非你是正在告诉我
> 你爱我一无所有

《一无所有》，在崔健无意识的演唱中成为了5月9日演唱会唯一流传至今的一首歌，一首唱出了时代心声的歌。

那一年，人均GDP280美元，中国人几乎一无所有。

在"不管白猫黑猫，抓住老鼠就是好猫"的鼓动下，万元户成为了近十一亿中国人民共同的奋斗目标。

1993年，十四届三中全会召开，会议通过了《中共中央"关于建立社会主义市场经济体制若干问题的决定》，提出了"发挥市场机制在资源配置中的基础性作用"的论断。

很快，市场力量让市场迅速发烫：

搞原子弹的不如卖茶叶蛋的；

拿手术刀的不如拿剃头刀的。

……

人们兴高采烈，人们不知所措；人们一无所有，人们开始拥有。

邓小平说，搞了这么多年还这么穷，那要社会主义干什么？贫穷不是社会主义。

于是，每一个人都想在这市场经济的浪潮中"快让我在雪地上撒点儿野"：

> 我没穿着衣裳，也没穿着鞋
> 却感觉不到西北风的强和烈
> 我不知道我是走着还是跑着
> 因为我的病就是没有感觉。
> ……

为了赚钱，为了改变一无所有的生活，人们都像病了一般：眼里只有了钱。

越来越多的人，争先恐后地融在了市场经济这条"新长征路上的摇滚"里：

> 问问天问问地还有多少里
> 求求风求求雨快离我远去
> 山也多水也多分不清东西
> 人也多嘴也多讲不清道理
> 怎样说怎样做才真正是自己
> 怎样歌怎样唱这心中才得意。
> ……

作家周国平在与崔健的对话录《自由风格》中写到，他的作品从来都是言之有物，凝聚着那种直接源自健康本能的严肃思考。在他的作品中，我们一方面可以听到生命本能的热烈呼喊，另一方面可以听到对生命意义的倔强追求。

机会面前，人们都在倔强地追求，艰难地探索。

可心愿并不是那么容易达成，事情并不是那么容易解决……

> 眼前的问题很多无法解决
> 可总是没什么机会是更大的问题
>
> ——崔健《解决》

面对此景，崔健也只能：

> 你问我要去向何方
> 我指向大海的方向

你的惊奇像是给我

哎，赞扬

——崔健《花房姑娘》

问题在于，大海这么远，能走得到吗？崔健也明白，所以他就想，还是勤奋点、神秘点吧，也不知道结果会怎样？

我要从南走到北

我还要从白走到黑

我要人们都看到我

但不知道我是谁

——崔健《假行僧》

崔健说，摇滚乐给人的感觉是三个"自"：自信，别丢掉自己；自然，别勉强自己；自由，解放你自己。大不了：

我不愿离开　　我不愿存在

我不愿活得过分实实在在

我想要离开　　我想要存在

我想要死去之后从头再来

……

——《从头再来》

听着这样的歌,人是没有任何抵抗力的。这样发自人内心的歌,毫无悬念地成为了这个时代的最大公约数,因为在这个世界,人们或许并不知道自己真的想要什么,却清楚地知道此刻自己不想要什么。

一切都会在今后得到解决吗?或许不是那么容易!所以,崔健继续唱道:

> 红色已经把鲜血污染了
> 真不知血和心到底哪个是热的
> 阳光和灯光同时照着我的身体
> 要么我选择孤独
> 要么我选择堕落
>
> ——崔健《蓝色骨头》

其实我们都知道,孤独和堕落,怎么可能是自己的选择?我们想要的,是改变自己"一无所有"的状态,过上自己想要的生活。

可我如何能够不像趴在玻璃上的苍蝇,找到光明的前途、冲出自由的出路、创造高尚的人生、拥有心中的所有?

> 我分不清方向也看不清路
> 我开始怀疑我自己是不是糊涂
> 我突然一脚踩空身体发飘
> 我孤独地飞了

突然间那火把空气点着了

我飞不起来了

　　　　　——崔健《飞了》

甘心吗？崔健；你改变自己"一无所有"的状态了吗？老崔。

4月15日晚上九点，六十岁的你，只能用你独特的、一听入心的嗓音，在吉他、贝斯、大鼓交杂的震动中，饱经沧桑地大吼一声：我在时间的A面！这，肯定是你真实的所有。

老子根本没变

时间就是金钱

还是时间出卖了自己

　　　　　——崔健《时间的B面》

看着窗外蓬勃的春色，我想，在一无（nothing）和所有（allthing）之间，"悲欣交集（弘一法师语）"地徘徊——这就如春花秋落，是希望，也是结局。

亲爱的小孩

周末的下午四点,孩子们补课回来了,便纷纷走出家门,来到小区中心花园,像鸟儿似的尽情玩耍。这是他们一天中最为开心的时刻,也是最为释放的时刻,是属于他们的时刻。这一时刻,孩子们的各种天真无邪,就如徐徐展开在我们面前的一幅幅美丽图画。

顿时,各种热闹来到了眼前。跳绳的,打羽毛球的,骑自行车的,放风筝的。孩子们原本可能并不相识,是好玩的天性,让他们成为了哥俩。"一起玩",是他们默契的语言。你看哪,放风筝的这几个男孩女孩,追着放飞的风筝,是多么的肆无忌惮。在他们的眼中,唯一的目的就是把风筝飞得又高又远,就像父母希望着孩子,飞得又高又远一样。一不小心,风筝飞到了树上,于是,怎么把风筝弄下来,又费了孩子们不少周章。

一转身,居然还有爬上了树,甚至爬上了屋顶的,是女孩子哦!

"谁说女子不如男?"

没人说吧,没人说。

这时,一个骑滑板车的小男孩来到了面前,我便有心聊几句。"小朋友,几年级啦?""四年级。""你什么功课最好?""数学。""为什么数学好?""不知道,就是一学就会,考试分数高。""那你有没有想过其他功课和数学一样好?""也想,但没那么容易。""你喜欢在家补课还是到学校?""我喜欢到学校。""为什么?在家里上完课,有的吃有的玩不是挺好的吗?""我喜欢和同学们在一起……"

小男孩一边滑着车,一边大大方方地和我聊着。看着他可爱的样子,我说:"争取把其他功课学得和数学一样好哦。""好的",小男孩说完,用腿一蹬,滑板车一溜烟地划进了阳光里。

好幸福的小孩。看着他,心里都是自己小时候的样子,可以恣意地放纵自己的日子。

只是几十年过去,我已如罗大佑所说,"将心事化进尘缘中"了。

多年以后,孩子,你会是怎样的心境?

看到一篇年轻妈妈的文章《愿你慢慢长大》,是她在女儿一百天时写的:

> 愿你有好运,如果没有,
> 希望你在慈悲中学会坚强
> 愿有很多人爱你,如果没有,

希望你在寂寞中学会宽容。
……
当我偷偷地放开你的手，
看你小心地学会了走，
你心中不明白离愁，
于是快乐得不回头。

不知道这位年轻妈妈写这首诗时，是否想到了孩提时少年不知愁滋味的自己？是否想到了纪伯伦著名的诗《致孩子》：

你可以给予他们爱，
却不能给予他们思想
你可以庇护他们的身体，
却不能庇护他们的灵魂
……
你是弓，
你的孩子是弦上即将发出的生命箭矢。

可能纪伯伦是爸爸的缘故吧，不像妈妈那样的柔情万种，为了孩子，任何的付出都在所不惜。

2008年汶川大地震，当墙倒下来时，有位同样年轻的妈妈来不及逃离，便把小孩放在她身下，她弓着背，硬是用自己柔弱的身体，顶住了倒下的屋顶。当救援人员救出她们，在孩子微弱的啼哭声里，妈妈已断了气。她的手机里，写着她不知何时留给女儿的短信：亲爱的宝贝，如果你能活着，一定要记住，妈妈爱你。

2018年，当我去跑纪念汶川地震十周年首届马拉松之际，我的一个心愿，就是能去看看这个孩子，看看她长大了的样子。

可我们还是孩子，我们怎能体会父母的希冀？而当我们有了孩子，我们心中忽然似有了钢筋铁壁。

儿歌《陪我长大》唱道：

> 就算大雨瓢泼，
> 失去了方向，
> 有一束阳光，
> 带我飞过绝望。
> ……
>
> 你是我面对生活勇敢的力量，
> 拨开乌云的光芒，
> 是你教会我坚强，
> 你看我笑得多甜，
> 因为你在身旁。

是啊，有父母的呵护，孩子的天空便永远有一道坚固的屏障。他们为孩子遮风挡雨，似铁人一般，毫不退让。

犹记当年，父亲把病中的我扛在肩上，哼着歌步行多里，去往乡村医务室。

可我们总要走出父母的羽翼。

有一个初一孩子的作文写道：的确，我长大了。一些事情的记忆越来越深刻，洗也洗不掉，抹也抹不去。所有的喜怒哀乐，有时只有在灯光下，在房间里，独自去慢慢品味，以前的天真快乐，不知何时已与我不辞而别，升入中学的压力，也不知何时悄悄爬上了我的额。

此时，年长一点的毛泽东是这样对他父母亲说的：孩儿立志出乡关，学不成名誓不还，埋骨何须桑梓地，人生无处不青山。

看着决绝的儿子，母亲用颤抖的手，拉着十七岁的毛泽东送到桥头，望着儿子远去的背影，兀自让酸楚的眼泪静静地流。追求理想并实现了理想的毛泽东，从此却再没能在桥头，让母亲自豪地抱住自己的头。

作为父母，太不容易。

作为孩子，也太不容易。终有一天，他们必然需要以自己的独立人格，开创自己独立的人生。

写到这里，耳边悄然传来了20世纪80年代台湾著名歌星苏芮充满期盼的歌声：

> 亲爱的小孩，今天有没有哭？
> 是否朋友都已经离去，
> 留下了带不走的孤独？
> 漂亮的小孩，今天有没有哭？

是否弄脏了美丽的衣服,

却找不到别人倾诉?

聪明的小孩,今天有没有哭,

是否遗失了心爱的礼物

在风中寻找

从清晨到日暮?

我亲爱的小孩,

为什么你不让我看清楚,

是否让风吹熄了蜡烛,

在黑暗中独自漫步?

亲爱的小孩,

快快擦干你的泪珠,

我愿意陪伴你

走上回家的路。

多年以后,才知道杨立德作词的这首《亲爱的小孩》,写的并不是小孩,而是作为基督徒,写的是作为中年男子的自己。回顾年少以来的经历,自己有没有走上希望的那条人生之路,能够坦然地去见耶稣基督!

很可能是理想依然丰满,现实更加骨感。希望仍在心中,自己却不再少年。

有人忏悔似的写道:我回首过往,那个犯过错误的小笨蛋,我多想和他谈谈,想给他讲讲人生的道理,告诉他什么是对什么是错。可我办不到。那孩子消失了,只剩下我一个垂老之躯。

这多少也说到了我的心里。

王国维说,人生有三重境界。看来这三重境界,也是王国维自己吧:

> 昨夜西风凋碧树,
> 独上高楼,望尽天涯路。

> 衣带渐宽终不悔,
> 为伊消得人憔悴。

> 众里寻他千百度,蓦然回首,
> 那人却在,灯火阑珊处。

也罢,还是做个心有桃花源的陶渊明:

> 智者乐山山如画,仁者乐水水无涯。
> 从从容容一杯酒,平平淡淡一杯茶。

因为,我,永远是我自己心里那个"亲爱的小孩"!

航天的豆豆

我叫豆豆，我是一粒种子，我是亚平姐姐把我带到太空去的。

神舟十三号飞船出发时，我只有米粒一样大，亚平姐姐说："我们要在太空生活一百八十天，等我们回去时，你可能有豆子那么大了，你就叫豆豆吧。"

"好呀好呀，我有名字了，谢谢亚平姐姐。"

"你这个小鬼。"亚平姐姐爱护地刮了下我的鼻子说道。

"亚平姐姐，我还要看你摘星星呢。小姐姐希望你成为第一个摘星星的妈妈哟。"

"那是小姐姐的愿望，她今年五岁了。我出发时问她有什么愿望，她说她想要妈妈摘颗星星回来，作为给她的礼物。"

"是呀，我如果有你这样的妈妈，我也会有这样的愿望。"

"其实呢，她是和我开玩笑的。她也知道，虽然我飞得比很多星星高，但我是摘不到星星的，只是因为我是第一个出舱的女航天员，可以离星星更近一些。"

"嗯，知道啦，亚平姐姐。按照规定，我不能出舱，我就在舱里看你摘星星。"

"好的。到可以摘星星的时候，亚平姐姐一定给你摘颗星星回来。"

"好的好的，亚平姐姐，我们拉勾上吊一百年不许变。"

"好啦，我们不能说话了，我们做好准备，马上就要发射了。"

听到亚平姐姐的话，我赶紧调整好姿势，等待发射。

2021年10月16日0：23，随着指挥员"10987654321，发射"，我和翟志刚叔叔、王亚平姐姐、叶光富叔叔一起，飞出地球，向着中国的空间站飞去。

中国几千年以来的飞天梦想，没想到在我身上实现了，我太开心了。可是，为了这次航天，我在做功课的过程中，知道了中国远古时期嫦娥奔月、牛郎织女的故事，还是蛮伤感的。

就说嫦娥奔月吧。嫦娥生活的时代，天上有十个太阳，每天都把大地烤得焦焦的。嫦娥的丈夫后羿是个大力士。有一天，他拿出弓箭，一下子射落了九个太阳。从此，老百姓过上了春夏秋冬、四季分明的日子。为了表彰后羿，西王母娘娘就给了后羿一颗长生不老药。

没想到，这事给一个坏人倿蒙知道了。有一天，他趁后羿外出时，跑到后羿家偷药。嫦娥想，给他这样的坏人吃下长生不老药，不知道要给人间增加多少苦难。在被迫无奈的情况下，嫦娥一口把药吞了下去。后羿回到家不见了嫦娥，拼命地寻找都找不到，后来才知道，嫦娥已飞到月亮上去了。从此以后，中华民族世世代代都想要到月亮上去看嫦娥。每月十五,很多人也会抬头看圆月里的嫦娥。

有一次,我看到明朝大臣边贡的诗,"月宫清冷桂团团,岁岁花开只自攀。共在人间说天上,不知天上忆人间",我真想像李白说的那样,"俱怀逸兴壮思飞,欲上青天揽明月",能够早点上去,把嫦娥姐姐接回来。

现在,我终于启航了。

神十三太先进了。我们在飞行582秒,也就是不到10分钟后,就与长征二号重载火箭分离,进入了预定的太空轨道。然后,我们在地面控制中心的指挥下,准备与先前陆续到达的空间站组合体进行对接。在茫茫的太空中,我们的飞行速度都比子弹快8倍以上,只花了几个小时,6时56分,自主快速交会对接完成。

这样,我们就和天河核心舱、货运舱一起,建起了我们在太空的家。

毛主席说,"坐地日行八万里,巡天遥看一千河"。我现在在太空,看到了一千零一河。

因为,我从太空看到了地球,我们美丽的家园!

到了太空以后,我一方面配合着亚平姐姐他们完成科研任务,另一方面也抓紧学习,了解更多的航天知识,以及中国人为了圆梦太空所做出的艰苦努力。越学习,我越觉得我们中国人真了不起。我们在改革开放以后这么短的时间里,就能成为世界第三航天大国,这说明我国在火箭研发、飞船设计、新型材料、气象勘察、地面控制、远程跟踪、医学研究、太空食品研发、航天员培养、为了保护航天员生命安全的"生命之塔"逃逸系统等各个方面都走到了世界前列。

就拿看上去很简单的发射窗口的寻找来说吧。发射载人航天飞船需要具备最佳的气象条件，以避免风险，它包括：无降水，地面风速小于每秒 8 米，水平能见度大于 20 千米，发射前 8 小时至发射后 1 小时，场区 30 千米至 40 千米范围无雷电活动，船箭发射经过空域 3—18 千米高空最大风速要小于每秒 70 米，发射前后 9 小时附近不能有雷电活动等。

叔叔阿姨你们都知道，我们是在戈壁滩里面的酒泉卫星发射中心升空的。戈壁滩天气大部分时间都和我一样乖，但它的脾气没我好，总是说变就变。所以，我们发射时间都要精确到几秒几毫秒，就是因为最佳时间窗口太难找了。

从书上我知道了，我国的神一是 1999 年 11 月 20 日发射奔向太空的，在经过 33 小时 11 分的飞行后，回到了地球。

这之后，我国的航天事业突飞猛进。仅仅四年时间，神舟五号就开始进行载人飞行。

2003 年 10 月 15 日上午 9：00，杨利伟搭乘的神舟五号飞向太空。他携带着像我一样的、专门从祖国宝岛台湾过来的生物种子等，在距地球 343 千米的太空绕地球 14 圈，经过 21 小时 23 分的飞行后，于 16 日早上 6 时 23 分顺利返回地球。

神舟五号发射前，国际上，尤其是美俄两国对中国载人航天根本不以为然，他们认为中国神五只是一个简单模仿的产物。飞

希望文学系列　073

行成功以后，他们才对中国航天开始高度重视。我翻看当时的报道，他们对中国的技术创新非常佩服呢！尤其是两个技术：空中变轨技术和精准降落技术。因为如果发生战争尤其核战争，这是极其重要的两项控制技术。

具体我就不展开了，你懂的。

神五之后，中国的载人航天事业发展就更快了。

神六：2005年10月12日9时发射，绕地球飞行七十七圈，共115小时32分，10月17日凌晨4时32分返回，首次执行多人多天任务。航天员：费俊龙、聂海胜。

神七：2008年9月25日21时10分04秒988毫秒发射，飞行68小时27分，出舱19分35秒，中国首次实现太空漫步。航天员：翟志刚、刘伯明、景海鹏。

神九：2012年6月16日18时37分24秒发射，18日14时许，与天宫一号首次完成中国载人空间自动交会对接，飞行303小时23分。航天员：景海鹏、刘旺、刘洋（女）。中国女航天员首次实现太空飞行。

神十：2013年6月11日17时38分02.666秒发射，飞行速度达到每小时2.8万千米，每90分钟可以绕地球一圈，飞行350小时29分。航天员：聂海胜、王晓光、王亚平。

神十一：2016年10月17日发射，飞行高度提升50千米达到393千米，19日与天宫二号实现自动交会对接。中国载人航天"三步走"中从第二步到第三步的目标就此实现，为航天员长期驻留奠定了基础。航天员：景海鹏、陈冬。

神十二：2021年6月17日9时22分发射，航天员聂海胜、刘伯明、汤洪波在轨生活了九十天，顺利完成了无线电WiFi的安装，实现了空天网络一体化。《西游记》中的千里眼顺风耳，在我国终于梦想成真。

考虑到神十二在轨时间长，神十三当时就做好了所有发射准备，如遇异常情况，随时可以出发把航天员接回来。

正因为有这么巨大的进步，我们神十三就更舒服了。我们在太空的生活因此可丰富了：习主席与我们通了电话，亚平姐姐他们给全国的中小学生上了三次太空课，每次全国都有六千万学生参加，这一定是世界上最壮观的课堂！我们刚到太空不到一个月，11月14日，亚平姐姐他们三人还参加了央视"朗读者"节目，一起朗诵了巴金的"激流三部曲"总序：我知道，生活的激流是不会停止的，且看他把我载到什么地方去！

好玩的是，朗读完了以后，翟志刚叔叔立马来了一个后空翻，哈哈，笑死我了。不过我国航天员的体能确实好，他们每天都要在飞船上跑步二个半小时。

你一定还记得，我们还参加了2022年春晚呢。我们一起给全国人民演唱了《难忘今宵》，我们唱得可陶醉了。我猜想，来自太空的歌声一定更好听。

4月15日，我们的任务全部完成了。地面指挥中心发出指令，4月16日凌晨0：44准备返回。我们及时按规定回到了6平方米的返回舱。在与天河核心舱分离、绕行地球五圈后，我们于上午9时56分高速回到东风着陆场，神十二花了一天的返程我们几个小时就完成了。神奇的是,我们的落地点与预报地点仅相差130米!

告诉你一个小秘密哦。前苏联航天员有次着陆,着陆点与预报地点误差了三百多千米,航天员落到了一片野兽出没的原始森林里。现在,航天员每个人都会带枪也是这个原因。

我们回来啦。

我不禁抬头向天空望去。一望无际的太空中,无数的星星在向我眨着眼睛。"一闪一闪亮晶晶,满天都是小星星。挂在天边放光明,好像许多小眼睛。"我不自觉地唱起了优美的儿歌。

飞天时金秋十月,归来时春暖花开。

回到地球的一刹那,我特别怀念太空,可是我也想念大家呀。

也是该回来了,亚平姐姐还要跟女儿讲摘星星的故事呢。

另外我要告诉大家的是,在我们这次带回来的73公斤物资中,有一盘用最先进技术拍摄的太空影像资料,会剪辑成一部名为《飞越苍穹》的纪录电影,大家很快就可以看到最美的太空。

好了,我要去睡觉了,我给大家朗诵首诗吧:

可上九天揽月,
可下五洋捉鳖,
谈笑凯歌还。
世上无难事,
只要肯登攀。

(本文采用拟人化写法)

无畏的希望

把这五个字作为文章的题目,似乎有点托大了。好在文章就是想写奥巴马的。

1

因为,这是美国前总统奥巴马2005年参选民主党参议员成功以后写的一本书的书名:*The Audacity of Hope*,大陆翻译为"无畏的希望"。在中文翻译中,Audacity是鲁莽、大胆无礼的意思,奥巴马却把它用作书名,看来,大家对文化的理解不尽一致。

其实这也不是奥巴马说的。这是他从耶利米·A·赖特(Jeremiah A Wright Jr.)牧师布道时听来的。牧师说,我们一定要有无畏的希望。即,不管个人遭受何种挫折,失去工作或家中病疾,或是童年贫困,我们都要勇敢地相信,自己可以掌握命运并对此负责。

这句话瞬间打动了奥巴马。

这是因为奥巴马意识到,"作为一个混血儿,从出生那刻起,我的一生就注定暗淡无日,我的未来注定风雨飘摇"。

无畏的希望,很快成为驱动试图努力改变自己命运的奥巴马的行动指南,并成为他前行的灯塔。

他因此在 2004 年 7 月参加美国民主党全国代表大会演说时一举成名。当时他说,"在我们国家的历史上,每当面对分歧和危机,我们的先辈们总是抱着无畏的希望,乐观地面对未来"。一语震惊四座。

无畏的希望。

多年前,因奥巴马成功当选总统而阅读此书时,感兴趣的是奥巴马作为一个黑人背景的平民,何能以四十七岁、美国历史上第五年轻的年龄在精英当道的美国当选总统?结果读了他的书,除了记住了书名,其他也没有更加深刻的记忆。不过,他在当选以后的一系列言行,倒是给我留下了深刻的印象。

2008 年竞选,奥巴马提出"change"。他认为,美国面临糟糕的医疗、社保和教育体系,经济潜力严重受损,国际关系很不友好。恰恰在 2007 年,美国又发生了波及全球的金融危机。因此他说,我们必须改变,并用"yes we can"(我们行)来强调必须通过改变以提振大家的信心。2008 年当选之后,奥巴马直接提出,现在是股市最好的买点,是时道琼斯指数 7949 点。在创下一百十八个新高后,奥巴马以 19,732 点的道琼斯指数、148%的涨幅结束了他的八年总统任期。

多年过去，现在再读他的《无畏的希望》，更多的是感到他的责任：对国家的责任，对社区的责任，对家庭的责任，以及如何做好一个父亲！

有年父亲节，芝加哥南区浸信会教堂邀请奥巴马演讲，奥巴马选择了"如何成为一个完全成熟的男人"作为主题。他说，他希望在座的男士，尤其是黑人男士应该立即开始摒弃不能为家庭尽责的种种借口。作为父亲，他的意义不仅仅在于你有一个孩子，我们当中一些人身在家中，心却并不在家中。正是因为我们很多人成长在没有父亲的家庭，我们更应加倍努力以避免重蹈覆辙。如果你对孩子寄予厚望，你首先得更严格地要求自己。

深以为然。

无畏、信心、责任、行动，让奥巴马当选之初便成为美国年轻人心目中的英雄。

我清晰地记得，奥巴马当选之年，我正好去美国看儿子，作为高中生代表参加了奥巴马总统就职庆典的外甥谈到奥巴马时的那种兴奋之情。

但相较于奥巴马，我更喜欢他的夫人米歇尔。我在所著《生命的荣光》中曾判断，如果米歇尔愿意，她很可能成为美国第一位女总统。理由？理由来自于她的聪明、睿智、理性、博爱。举个例子，当年奥巴马参选参议员风头正劲时，米歇尔半开玩笑地和奥巴马说，当你父亲的照片第一次出现在报纸上的时候，他可能是一种荣耀，但天天如此就可能变成一种尴尬。

所以奥巴马说，米歇尔是一个优秀的女人……如果她和我共同竞选公职，她可以轻松将我击败。

遗憾的是，米歇尔表示她永远不会从政。虽然她明知美国的老人政治问题已如此严重，但这也是米歇尔的价值观吧。

奥巴马说，我们可能一生都在努力工作，但是仍旧失去所有的东西。所以，我们必须懂得，我们的价值观要经得起事实和经验的检验，我们必须行胜于言。否则，我们将放弃最好的自我。

Advance，前进吧。让奥巴马再次获胜的竞选口号，成为我们无畏的希望最好的证明。

无畏的希望。

2

在中国历史上，有个真正抱着无畏的希望并留名于青史的人，他叫范蠡。

范蠡（公元前536年—公元前448年），字少伯，今河南南阳淅川县滔河乡人。春秋末期著名政治家、军事家、谋略家、道学家、经济学家，以及齐国首富。在那个年代，他活了八十八岁。

范蠡是计然的弟子。计然曾师从老子，深得道家精髓，以"计然七策"留名于世。主要是"贵上极则贱，贱下极则必贵"的物极必反论、"积著之理，务完物，无息币"的实物价值论，以及经济周期论、价格调控论、贸易时机论、价值判断论和资金周转论。

公元前502年，越王勾践大败于吴王夫差。就在勾践穷途末路之时，范蠡携文种来到越国。他告诉勾践：越必兴，吴必败。

随后，范蠡与文种一起，策划了"十年生聚、十年教训"为核心的灭吴九术。

勾践在走投无路之际，只得紧紧依靠文种范蠡。但他屈辱的内心，始终让他焦躁不已。尤其是他在吴国为奴的屈辱感，更让他时刻都想复仇。当此之时，范蠡一再告诫勾践：持盈者与天，定倾者与人，节事者与地。也就是要顺应天道、人道、地道。"忍以持志，因而砺坚，君后勿悲，臣与共勉"。

勾践在范蠡的坚持下，"功农桑，务积谷""夏则资皮，冬则资丝，旱则资舟，水则资车"，很快成就了实力强大的越国，终于公元前473年灭吴。

吴国灭亡以后，如此功臣范蠡，却携西施悄然而去，来到了无锡五里湖（今蠡湖）。蠡湖面积7.2平方千米，环湖一周21千米。现在著名的蠡湖半程马拉松就在此地。

随后，范蠡又到了齐国，做起了生意。

离开越国之际，范蠡留信文种：飞鸟尽，良弓藏，狡兔死，走狗烹。越王为人长颈鸟啄，可与共患难，不可与共乐。子何不去？

文种终不及离开而被赐死。

范蠡到齐国的原因，是齐国正在大力发展市场经济。齐王采纳了管仲留下的"请以令为诸侯之商贾立客舍。一乘者有食，三乘者有刍菽，五乘者有伍养"等招商引资政策；税收方面，执行管仲提出的"驰关市之征，五十取一"。在此优惠政策之下，趋齐者若鹜，这其中包括范蠡。

范蠡到了齐国，虽然有辉煌的过去，却立即隐姓埋名，给自己起了个"鸱夷之皮"的古怪名字到大海边开垦荒地，饲养畜牧，养殖海产，捞晒海盐。由于深谙"计然七策"，很快，范蠡成为当地的大商人而扬名于市。立志争霸的齐王，听闻之后立即拜范蠡为相。范蠡推谢不得，遂散财于百姓后入宫。

面对如此巨大的荣誉，范蠡却深叹一口气，对西施说：居家则致千金，居官则致卿相，此布衣之极也，久受尊名，不祥。

三年后，范蠡果断辞官，携西施到了陶地（大致在山东安徽交界处，具体地点有争议）。由此，历史上留下了一个显赫的名字：陶朱公。

此时，范蠡已六十多岁。他又从零开始，发展农业、陶瓷、畜牧、旅游、制造等多种产业，不出几年就成了当地首富。

故司马迁《史记》曰："范蠡三迁皆有荣名，名垂后世，臣主若此，欲毋显得乎？与时逐而不责于人。"

这需要多大的勇气、要抱着多大的希望才能有此成就！

此常人所不能及也！

唐德宗建中三年（782），追封古今六十四名将，范蠡位列其中。时人誉之：忠以为国，智以保身，商以致富，成名天下。

今人尊称他为"商圣"。

这样看来，他那个"先天下之忧而忧，后天下之乐而乐"的后代范仲淹，应该是抱有另一种无畏的希望。

跑动的春天

春分的前两天，3月19日，一个对绝大多数人来说例行的周末，一个雨后初晴、适合躺平的日子，却是跑者们兴奋的时刻。

这一天，锡马来了。

在这样的一个春天，跑者们翘首以盼的无锡马拉松，如约而来了。

董仲舒的《春秋繁露》中说，"春分者，阴阳相半也，故昼夜均而寒暑平"。经过漫长的天气与心情叠加的冬天，我们终于有机会跑进春天。

作为全国人均 GDP 最高城市之一的无锡，其马拉松，也是报名中签率最低的赛事。

这一赛事，在其举办的第三年，就获得了全球最古老的、创办于 1897 年的城市马拉松——波士顿马拉松的认可。跑者在无锡马拉松创造的成绩，可以作为基础成绩（当时全国仅七个马拉松有此殊荣），报名波士顿马拉松（俗称 BQ，Boston Qualification），并可能通过排队获得参赛资格,那就可以省下一大笔通过其他渠道获得参赛资格的费用(目前行价5万人民币左右)。

锡马获得如此成功的原因,是赛事主办方对跑者的了解,以及他们精益求精的品格:如时间、地点,如服务、感受……

时间:3月份,樱花盛开的时节,那清雅恬静、芳而不孤的樱花,是向跑者报告春天来临的风信子;

地点:蠡湖畔,范蠡助越王勾践击败吴王夫差后携西施北上途中留名的逍遥地;

服务:举一个小小的例子吧。参赛选手领装备时,主办方都会在赛事包里发一只粉红小手套;当选手冲过终点,志愿者又会送上另外一只。在这寒冷的三月,带上这可爱的樱花色小手套,满身的疲劳往往变成惊喜;

感受:就拿今年来说,无锡马拉松是巴黎奥运会、布达佩斯马拉松、亚运会等"五赛合一"的赛事。就在这届赛事,二十四岁的年轻小将何杰和老将杨绍辉双双打破尘封了十五年的男子马拉松全国纪录,白丽打破了女子赛会纪录,还有一千二百六十二人跑进三小时,这是中国马拉松第一次有一千人以上跑进三小时。更有我们的熊娟"熊霸天",以她瘦小的身躯,跑到了344的配速、跑出了2小时38分的惊人成绩。能够参加这样的赛事,可能一切语言,都会显得苍白无力。

无尽的思念,42.195千米的征途。

因此,在暂停一年后,无数的跑者来到了这"锡山没有锡"的无锡。

我混杂在人群中，C20810，是我参赛的证明。

就在前一天的晚上，躺在床上，感觉着自己略快的心率和近期有所疲惫的身体，我还在纠结要不要跑进樱花里。但想到自己对朋友四个小时完赛的承诺，以及那多少人想来却没有的名额，退赛，是一个实在下不了的决定。

更何况，"躺平不可取、躺赢不可能"嘛。

3月19日，无锡早晨的天气异常舒适。在经过长时间的干旱之后，前几天，刚刚下过了几场春雨。可能云层变化太快，这雨，也是有一阵没一阵的，预报的天气，忽出忽进。

只要19日不下雨就好，或者跑完再下不迟，我想。

早晨起来，多云，温度13摄氏度，倒是跑马的好日子。

7:30，随着一声发令枪响，队伍出发了。满天的彩蛋樱花雨，和跑者飘舞在了一起。

5分钟后，我所在的C组通过了计时器。我合计着慢慢跑着。按照4小时完赛的目标，我的配速保持在5分41秒就好。但这显然是一个比较被动的安排。于是，如有可能，我计划以5分20秒的配速巡航前进。

一会儿，提示的声音传来，第1千米过去了，配速511，心率153，相当于有氧跑，体感很轻松。这样跑下去，应该还行。

不到2千米，听到后面一个声音，似乎是在叫我。回头一看，是刘旭萍，之前的老同事。

三年前，正是在这个赛道，我作为pacer，陪她跑进了BQ门槛，获得了波士顿马拉松的参赛资格。她退休多年了，却还在跑着。

现在，我们又遇到了一起。

我陪你跑，我说。

其实，我自己也是想找个伴，好排解一下奔跑中的孤寂。

一千米一千米的跑下去，配速一直稳定在506，心率依然在155左右，心里慢慢踏实：四小时完赛，不会有问题。

18千米处，是江南大学。这是荣毅仁家族等创办的高等学府，奉行着"笃学尚行，止于至善"的办学精神。这校训，应该是深入学生的心里了。赛道上，到处是穿着樱花红冲锋衣的江南大学志愿者；校园内，3千米长的赛道两旁，是密密匝匝、加油助威的同学：食品学院的，设计学院的，工程学院的……那一张张笑脸下纷纷响起的击掌的声音，犹如一串串的音符，飘扬在了浩瀚的天际。

这一串串的音符，其实从头至尾，陪伴了跑者42.195千米。

这让无锡马拉松，成为了市民参与度最高的国内城市。

一路过去，眼前的春景，任意变换，都春意盎然；亮丽的天空，云开云合，都透着光景；漫飞的小虫，颠颠扑扑，都恐后争先；身边的跑友，心无旁骛，都精神抖擞。田野里的油菜花，则晃着金黄的脑袋，纷纷点头称许。

我陪着旭萍，巡航跑着，轻轻松松，满心欢喜。

而旭萍确实有点累了。顽强的脸上，悄悄纠结。她时不时地说，我跑不动了。

最后6千米，我掐指一算，告诉旭萍：你可以PB！

受到激励，旭萍努力奔跑而去。515以内的配速，不曾稍息。

这于她而言，确乎不太容易。

可、可谁让我们，是跑在春天里？

顾城说：草在结它的种子，风在摇它的叶子。我们站着，不说话，就十分美好。

我说：脚在大踏着步子，心在想着PB。我们跑着，互相鼓励，便十分美丽。

在这蠡湖的三月，等闲识得东风面，万紫千红都是春啊。

倒数三千米，是新开辟的贡湖湾湿地公园赛道。雨后初霁的点滴，温润如和田碧玉；透透迤迤、穿插林间的斜斜赛道，如红霞铺满绿荫，心旷神怡。

这份突然而至的惊喜，赋予了我们更多的动力。

欧阳修的诗句，不自觉地在脑海想起：

> 南国春半踏青时，风和闻马嘶。
> 青梅如豆柳如眉，日长蝴蝶飞。

就这样，我们以341、旭萍再次BQ的成绩，跑在了春风里、跑进了春天里。

放飞的风筝

2004年,一部名叫《天下无贼》的电影风靡一时。影片中,葛优扮演的黎叔讲了一句十分经典的台词:人心散,队伍不好带了;问了一个超震惊的问题:21世纪什么最贵?然后自问自答地说:人才,21世纪最贵的是人才!

从社会发展的脉络来看,在互联网泡沫刚刚破灭、国内经济金融秩序处于强整顿的当时,冯小刚通过黎叔讲出这句台词,相当令人叹服,这也成为很多人至今的口头禅。

时至21世纪20年代,国家领导人提出"硬实力、软实力,归根到底要靠人才实力"。

在早日实现高质量发展的今天,全社会、各公司、每个家庭、任何个人,都掀起了发掘、培养和竞争人才的格局。

2019年,华为公开宣布,以最高年薪201万,在全世界范围内招揽天才少年,至今已招募二十人。任正非说,这些天才少年就像泥鳅一样,钻活我们的组织,激活我们的队伍。

古人说，得人者兴，失人者崩。孙中山说，人能尽其才则百事兴。

自古以来，皆是此理。

为了这个理，华为也是蛮拼的。以 2020 年为例，华为人均薪酬 70.6 万，天才少年刚一录用的最低薪酬即达到 89.6 万元。天才少年 5 倍于同级别薪酬，华为说到了，做到了。

这些天才少年就像风筝一样，在科技创新的大潮大浪中，飞起来了。

放飞的风筝，这是多少父母的希望，多少少年自身的追求。

因此，从古至今，对于后代的教育问题，都是家庭或家族的重中之重。大家肯定都记得，《红楼梦》里，贾政因为儿子贾宝玉没有好好读书狠狠加以惩罚的情节。无论富贵或贫穷之家，后代，都是家族传承或光宗耀祖的希望。

为了这，父母们的确费尽了心血。

父母的内心，无一不希望孩子有幸福的童年，却又希望孩子从小养成学习的习惯，能够尽可能多学一点东西，为未来打下发展的基础，也可以丰富孩子自己的人生。

这的确非常重要，却相当难以做到。

记得读高中时，学鲁迅先生的课文，《阿Q正传》《狂人日记》《祝福》《药》……老师说，鲁迅先生在日本是学医的，后来发现学医不能救国，遂弃医从文，结果，"鲁迅的方向就是中华民族新文化的方向"（毛泽东语）。1917 年，鲁迅设计了北京大学校徽。同时，鲁迅的日语、德语、俄语等都非常出色，翻译了大量国外哲学文化名著，并成为左翼新文化运动领导人。当诺贝尔奖评委提名他为文学奖候选人时，他又断然拒绝，然后从广州到上海寻找他的爱情去了。

这样的人物，在那个年代比比皆是：蔡元培、梁思成、梅贻琦、朱自清……

这是何等畅意的人生！

用现在的话来讲，是真正的"人生赢家"。

反观自己，除了有一个工作，什么都不会。读书，读了死书，读成了死书。

中国早期的教育家对此有清醒的认识，认为教育，尤其是幼儿教育，一定要活，一定要进行"活教育"。这方面的代表人物，是南京师范大学首任校长陈鹤琴。

陈鹤琴，中国现代儿童教育之父，早年留学于哥伦比亚大学，与胡适一样，师从杜威。1941年，他在流亡江西期间，创办《活教育》月刊，强调教育的目的，是教育孩子"做人，做中国人，做现代中国人"。

做人，就是孩子们要善于建立完善的人际关系，借以参与生活，控制自然，改进社会，追求个人幸福；

做中国人，就是孩子们要热爱祖国，热爱人民；

做现代中国人，就是孩子们要具备五方面的条件：健全的身体，建设的能力，创造的水平，合作的精神，服务的意识。

这三个"做人"，就是放到现在，也是教育的根本。

为了实现目标，陈鹤琴强调，教育不能僵化：内容固定、教材呆板，先生一节一节地教，学生一节一节地学。这只能培养"书呆子"。教育必须到大自然中去，到社会实践中去。

围绕这一思想，陈鹤琴设计了以"健康、社会、科学、艺术、文学"等为核心的课程体系，确定了"做中学，做中教，做中求进步"的教育原则，其中，"做"是基础，是"活教育"的起点。

这，颇有点像现在提倡的"德智体美劳"。

陈鹤琴的特点在于，他不是讲讲而已，他按照四个步骤在推进他的教育思想：实验与观察，阅读与参考，发表与创作，批评与研讨！

请注意上述第三第四步骤，在现代教育中几乎是空白。

由于从小没有养成"发表与创作、批评与研讨"的习惯，当孩子大学毕业走上社会之时，却往往缺少包容的态度、反思的意识、学习的能力，甚至于很多人连一篇毕业论文都写得磕磕绊绊，让自己处于有学历没能力的尴尬境地，对自己处于激烈竞争中的人生形成了极大的困扰。

为了积累教育经验，1920年12月26日，陈鹤琴从他长子出生之日起，便用文字和相机，连续八百零八天记录儿子的成长过程，观察他的思想状态、心理反应、一睡一笑、一哭二闹，积累了大量的第一手资料。从中他体会到家庭教育要做得好，父母的角色特别重要：父母要尊重儿童的人格，父母要步调一致，父母要给孩子真正的爱……

这非常难，确实非常难——比如父母要步调一致。

陈鹤琴自然知道这很难，为此，他提纲挈领地总结了教育十七条：

1. 儿童自己能够做的，应当让他自己做；
2. 儿童自己能够想的，应当让他自己想；
3. 你要儿童怎样做，你应当教儿童怎样学；
4. 鼓励儿童去发现他自己的世界；
5. 积极的鼓励胜于消极的制裁；

……

这要花费大人大量的精力，而不仅仅是塞给孩子一本书。

难怪"鸡娃"会成为年度十大词汇。

美国何尝不是如此。奥巴马就说：父母对孩子任何自发的、甚至是可能稍微懈怠的行为，都疑心重重，总是会把孩子们的日程表排得比长辈的还要满：芭蕾、网球、钢琴、足球，每周必有的儿童生日聚会等。大人小孩都忙得不亦乐乎。

宋朝黄庭坚的《牧童诗》，是不是完美地诠释了我们对孩子的希冀：

> 骑牛远远过前村，
> 短笛横吹隔陇闻；
> 多少长安名利客，
> 机关用尽不如君。

多么理想美好的画面，有子当有这样的子。

这样培养出的一定不是"资深庸才"：我想触摸宇宙的世界，

但是又希望永远都触摸不到宇宙的世界，我想要走到我自己的尽头，但是又希望自己没有尽头。成为庸才不需要畏惧，要体会？还是要体面？生活不会给出答案，完美更不会是唯一答案。

已知有涯，而未知无涯。此时作为父母的我们，仿佛如立于荒岛上一般，面对眼前风急浪高的大海，却必须要能填出一小块心中的绿洲，否则便觉辜负了自己人生的使命。

每念及此，我都喜欢阅读诸葛亮的《诫子书》：

夫君子之行，静以修身，俭以养德。非淡泊无以明志，非宁静无以致远，夫学须静也，才须学也，非学无以广才，非志无以成学。淫慢则不能励精，险躁则不能治性。年与时驰，意与日去，遂成枯落，多不接世，悲守穷庐，将复何及！

这应该是对圣人的要求。

但如能成为圣人，有何不好？

于是，我通俗地说：养育孩子要像放风筝，让孩子能够飞得又高又远！

只要放风筝的线，在自己手上，就好。

天云山传奇

《天云山传奇》，如果不是我写这篇文章，估计很多人已经忘记或根本不知道有这部电影。一部不应该被遗忘的电影。

《天云山传奇》改编自20世纪70年代末80年代初"伤痕文学"的代表作、安徽作家鲁彦周的同名小说，由中国著名导演、有"中国电影的民族魂"之称的谢晋于1980年拍摄、1981年公映，是谢晋"反思三部曲"之首的影片，中国首届电影金鸡奖最佳影片。

谢晋"反思三部曲"：《天云山传奇》《牧马人》《芙蓉镇》。

当谢晋刚接到本子时，他夫人便强烈反对谢晋拍摄这部影片。她认为，电影不像小说，社会影响太大，"反右"斗争没有结束，万一出事，后果不堪设想。

沉重痛苦的历史，深沉凄美的电影。

现在的年轻人，估计不太喜欢看这样的电影，虽然他们是那样的值得一看。但或许，总有一天，他们会喜欢看的，因为电影演绎了一个最深刻质朴的主题：人性，真善美的人性。而这，正是社会越来越美好的希望。

电影从1956年讲起。年轻的女大学生宋薇和冯晴岚学校毕业分配到了天云山综合考察队。这时，正好罗群被组织安排过来做政委。罗群英俊潇洒，才华横溢，充满热情，有思想、有能力，很快获得了大家的欢迎，也渐渐得到了宋薇的芳心。在这样荒僻的山间、贫乏的年代，两个年轻人因相爱而幸福着。工作之余，他们一起学习、交流、遐想，一起驰骋、戏水、歌唱：高高的天云山啊，高高的天云山，你永远依恋着蓝天，依恋着蓝天；夜空里的群星啊，唯有我们两颗靠得最近、靠得最近……

歌声里，罗群、宋薇甜蜜地吐出心声：让我们永远在一起，让我们永远在一起，让我们永远在一起！

谁知，幸福的滋味很快如烟花般消散，"反右"斗争来了。罗群因敢讲真话而被定为右派和反党分子，成了批判的对象。他被剥夺了工作，下放到农场劳动，成为一个赶马车的车夫。这一赶，就是二十年。

罗群被打成右派以后，宋薇被组织要求与罗群划清界限：宋薇同志，你要站稳立场。软弱无奈、天真善良的宋薇，没能抵御住内心的纠结，写信给痛苦中的罗群，与他断绝了关系，并在特区书记的介绍下，嫁给了一心妒忌罗群、蓄意把罗群整倒的吴遥。

罗群陷入了绝望之中，病重得如枯槁般躺在床上，一点都动弹不得。

在山村，罗群甚至成为了孩子们的欺负对象，他们嘲笑他、向他扔石子。杜甫"南村群童欺我老无力,忍能对面为盗贼。公然抱茅入竹去,唇焦口燥呼不得,归来倚杖自叹息"出现在了新中国。

与宋薇同时来到的冯晴岚,见此情景,婉拒了别人的追求,辞去稳定的工作,勇敢地来到了罗群身边,做起了小学老师。冯晴岚的到来,给身体极度虚弱的罗群带来了新的希望。罗群对冯晴岚说:有人把我开除了,但革命没有开除我,人民没有开除我,我自己也没有开除自己!

两颗热烈的心,紧紧地贴在了一起。

冯晴岚决定负起妻子的责任。她吃力地把罗群抱上板车,在满天的风雪中,拉起罗群朝医院走去。听着"山路弯弯,风雪漫漫"的歌声,看着冯晴岚趔趔趄趄拉车的情景,罗群心如刀割,我看得心如刀割。但每一次,冯晴岚都用坚毅的眼神微笑着告诉罗群:我们必须活下去!我们必须活下去!我们必须活下去!

一无所有却才华横溢的罗群,就这样被拉到了公社医院,然后,冯晴岚掏出身上仅有的五块钱,说,够我们办一场婚礼。

有妻子相伴的罗群,拉马车之余,以更大的热情投入了科研工作,写出了"科研与中国""农村调查""过去、现在与未来""天云山下的随想录"等一系列论文。虽然这些论文,只能束之高阁。

住在四面通风的木板房里,罗群夫妻两人的生活是穷苦的,精神是丰富的,灵魂是充实的,人生是幸福的。爱情,是真实的!

什么是爱情?爱情不是有福的时候你情我愿,而是不管遇到什么艰难困苦、万山险阻,都要永远陪着一起走、一起闯,两手紧握,十指紧扣。

罗群和冯晴岚正是这样,见到深渊,一起赴死。

宋薇对罗群却是,见到深渊,退避三舍。

嫁给了吴遥的宋薇,住在有红酒、有浴缸、有保姆的二层楼房里,实现了"楼上楼下、电灯电话"的生活,却因这迫不得已的婚姻并没有特别幸福,她始终没有忘记罗群。二十年过去,"文化大革命"结束以后,身为地委组织部副部长的宋薇,偶然间从工作人员周瑜贞口中听到了罗群这个后来被称为"怪人"的消息,看到了周瑜贞带来的罗群写的论文。当得知罗群已三次申诉也没有摘掉"右派分子"等的帽子时,她万分痛苦。经了解,原来罗群的申诉材料都被他身为地委书记的丈夫吴遥压在了他的抽屉,个人决定为"不予处理"。

柏拉图说,孩子害怕黑暗,情有可原;人生真正的悲剧,是成人害怕光明。

正在这时,宋薇收到了身患重病、气若游丝、二十年来只穿着一件单薄棉衣的冯晴岚辗转给她写来的信。信中,冯晴岚把罗群被定性为"右派"前后的经过、罗群这么多年来的工作,以及他们艰难的生活,都一五一十地告诉了宋薇。信的最后,冯说,写完这封信,即使她今天就离开人世,她也是幸福的。

不久以后,深受学生爱戴、罗群唯一慰藉的冯晴岚,在罗群痛苦不堪的注视中,微弱地说"傻子,不要哭,让我再看看你"的不舍中慢慢闭上了她美丽的眼睛。

罗群又一次陷入绝望之中。

接到信后的宋薇，下定决心要尽快帮罗群平反。没想到，这件事却遭到了丈夫吴遥的强烈反对，吴遥并刺激宋薇是因为感情因素而不是政策要求帮助罗群。激烈的冲突之下，吴遥把妻子宋薇打伤致其滚下了楼梯。宋薇身心严重受伤，两人感情因此破裂。

个人意志阻挡不了历史前进的车轮，罗群平反了，被任命为天云山管委会书记。

电影公映以后，受到了全国上下广泛的关注，九亿中国人有一亿人观看了影片，电影却也引起了极大的争议。赞同者说，这部电影反映了时代的心声，让人在观影之余能积极思考社会的公平正义如何能够得到更好的建设和发展；反对者认为，这是一部污蔑党的形象的电影，应予以禁止。

1982年，在影片已经获得金鸡奖最佳影片奖的情况下，《文艺报》仍然发表了《一部违反真实的影片——评〈天云山传奇〉》一文。文章认为，影片歪曲了"反右派"斗争的真相，丑化党的领导，是一部思想倾向和社会效果都很不好的作品。

甚至，在影片争论最激烈的时候，谢晋竟然收到了某高层领导的亲笔信：谢晋同志，我们大概没有见过面。现在忽然给你写这封信，没有别的事由，只是因为刚看了你导演的新片《天云山传奇》，有点小意见想转告你。这部片子的导演，以我个人这个外行看来是成功的……地委书记的家庭陈设和生活衣着，都太豪华了，这不真实……我觉得这是这部影片以及目前许多影片和戏剧的一个共同问题。我想把这个意见告诉你，而且希望你认为可以同意，请你在方便时告诉电影界的其他同志共同考虑。若有不同看法，欢迎来信，信寄×××即可。

面对此景，演职人员面临巨大的压力。

重病在身的著名经济学家孙冶方听闻此事，专门发表了《也评〈天云山传奇〉》，对该片给予了充分肯定。孙冶方认为，波及五十五万人的"反右派"斗争，给国家带来了无法估量的损失，给个人造成了历史性的伤害，全社会一定要切记"反右派、反右倾"的教训，"乱扣帽子、乱打棍子"的做法，绝不能再来。

当影片编剧鲁彦周在上海拜访住院的孙冶方时，孙冶方对他说：我从来不介入文艺界争论，但这部电影明明是为三中全会鸣锣开道、落实政策，怎么会是损毁了党的形象呢？我实在是忍不住为此打抱不平的。

最终，电影得到了充分肯定：创作者以破冰的胆识，强烈的爱憎，丰富的情感，深入中国坎坷艰难、风云变幻的二十年，第一次在银幕上展现了那段惨痛历史的真实画面，第一次在银幕上展示了被深埋于污蔑、屈辱之中二十年的祖国好儿女诚实的灵魂！是具有震撼人心的道德力量的影片，这种道德力量是对现实生活勇敢探索和真实深刻描写的结晶。

影片结束了。

仰慕着罗群的周瑜贞，和平反后的罗群，给冯晴岚扫完墓，沿着阳光下温暖的山间小路缓缓走去，开始了新时代的新生活。

而宋薇，带着曾经的红色丝巾，在郁郁葱葱的天云山盛开的花朵中，收起了想回到罗群身边的思绪，微笑依旧，似乎重生，又似乎失去了所有。

传奇落幕了。

但愿，天云山不再有这样的"传奇"，全社会都不再有这样的故事。

深山的呼唤

迷迷蒙蒙之间，但丁照例在清晨 5：30 准时把我叫醒，躺在床上，懒懒的心里忽然生出了些许苍茫之意。人在房里，心却已到了天际，到了阿尔卑斯的勃朗峰山谷里。

于是，翻开相册，找出九张照片，发了个朋友圈：我的梦一般的 UTMB。

1

UTMB，The Ultra-Trail du Mont-Blanc，中文：环勃朗峰超级越野赛。

2019 年 8 月 30 日，我来到这里，站在了起跑线前。

UTMB 是越野界的巅峰。2003 年，由凯瑟琳女士和她的丈夫米歇尔创办于法国边境小镇霞慕尼。霞慕尼因不是购物天堂、度假胜地，所以在中国不太为人所知。但它在世界户外运动爱好者的心中，是非去不可的圣地：它 1771 年由两个英国青年贵族发现、1924 年成为第一届冬奥会的举办地。

UTMB 是一个深入阿尔卑斯山，环绕勃朗峰，穿越法国、意大利、瑞士三国的一个越野界"封神"赛事，是全球唯一需要越野积分达到一定标准才能参与抽签以获取参赛资格的越野赛事。凡是参加越野活动的人，都会把能参与 UTMB 作为自己的"小目标"而加以努力。我也是在努力了以后赚够了积分，幸运地中了签（10% 的中签率），来到了这里：霞慕尼。

听着《征服天堂》的低沉激昂乐曲，站在起点的两千三百人都跃跃欲试。

但我澎湃的心里，并没有底。

看过我的新书《生命的荣光》的人，都知道我是五十岁那年因身体不适偶然加入了跑步的行列，如此枯燥孤寂的运动，不知怎的就打动了我内心深处兴奋的"结"，从此一发不可收拾，"双百"目标就此确立：自己跑一百个马拉松，发动一百个人跑马拉松。跑步的同时，我也以文字的方式记录下过程的一点一滴。一年四篇，连续地就这样写了六年，并以《生命的荣光》为名结集。

几年下来，跑过的马拉松，手指已要掰几遍，发动的人、发动的人又发动的人，已以百千计。

但怎么就去跑了越野？已记不清何时起了心动的念头。

2018 年起，陆陆续续已跑了十八九年的香港 100，莫干山 70，三清山、龙羊峡、北京 TNF50 等一系列越野赛事，退赛的也有，那在秦岭。能力总有边际。

神勇的是，2019年5月5日，我和谢红完赛了于凌晨零点开跑的北京TNF50以后，马上打飞的赶回上海，准时参加了当晚18：18开始的新人宴席。

可能读者不一定跑步，对马拉松和越野有所不解。它们的区别：一个在城市，一个在山里；城市的叫路跑，山里的叫越野。路跑是平地，越野是野路；路跑，基本没有起伏，越野，则是爬过了一山又一山。

就拿UTMB来说吧。它共有七个项目：UTMB-PTL，UTMB，UTMB-TDS，UTMB-CCC，以及OCC，MCC，YCC。难度最大的PTL，距离300千米，累计爬升26,000米，关门时间150小时，也就是，参赛者要在连续150个小时内，自导航、自补给，完成相当于三个珠穆朗玛峰高、长度300千米的奔跑。我参加的CCC，距离101千米，累计爬升6100米+，关门时间27小时。

我以25小时零5分17秒到达了终点拱门。

当我看到年近九旬的岳父母在终点人群中等我归来的热切的眼神时，我忐忑的内心终有机会迎来了狂喜：

我成了"征服天堂"的人，一个五十岁开始跑步、五十五岁还能完赛UTMB的人。这场赛事，完赛率66%，我排名一千二百五十九名，第一个打卡点，我的排名一千七百六十二名。

领好完赛衫，我和岳父母、谢红一起，来到了雪园饭店午餐，看着满街穿梭的人流，我点了杯冰镇啤酒，轻轻地喝了一口，在《The Mass》（弥撒）的音乐声中，思绪瞬间穿过了勃朗峰天际：

始终满盈,或又虚亏,可恶的生活
时而铁石心肠,时而又关心抚慰
当作游戏一般
穷困,权利,被它如冰雪般融化
……

命运将我的健康,与意志,时时摧残
虚耗殆尽,疲惫不堪,永远疲于奔命
就在此刻,不要拖延,
快拨动震颤的琴弦
……

神啊,神圣的弥,神圣的弥赛
神圣的弥赛亚,神圣的弥赛亚
因为命运,打倒了坚强的勇者
所有人请与我一起悲号

听着音乐,我的眼眶闪动着感动自己的泪光。

一天一夜零一小时五分十七秒,我有必要这么折磨自己?UTMB,UTMB又怎样?"封神","封神"了又如何?

你还是那个你,除了多了些沧桑,你别无区别。

但可能是在世间待久了吧,我就是没有控制住自己脚步的任性。

或许，是因为山在我的心里，在我们每个人的心里，不只是一座山吧。

2

李白在《梦游天姥吟留别》中写道："海客谈瀛洲，烟波微茫信难求。越人语天姥，云霞明灭或可睹。天姥连天向天横，势拔五岳掩赤城。天台四万八千丈，对此欲倒东南倾。我欲因之梦吴越，一夜飞度镜湖月。"

这个生在中亚戈壁深处碎叶城的大诗人，也因山之名，来到了天姥。

山，是李白心里的梦；梦，把他和山连在了一起。

我出生在江南水乡，山对我来说，从小就是个陌生的所在。"靠山吃山靠海吃海"的俚语，在我幼小的心里也是充满了怀疑。慢慢长大点才知，为了填饱肚子，山里人只能有什么吃什么，就这样过了一辈又一辈子。

山里人，因此总是想走出深山；山外人，却听到了山的呼唤。

王维因此来了，鸠摩罗什来了，老子也在秦岭山的深处，写出了洋洋五千字的《道德经》：道可道，非常道，名可名，非常名……

于是，我向往着山。

我向往着山的高贵沉静、挺拔秀美，向往着山的坦诚热情、真实纯洁，向往着山的幽深神秘、丰富奇崛，向往着……

因山之名，因山之美，因山之远，因山之深，我以及我们，来到了一座一座又一座的山里。

当我读到毛泽东的《十六字令·山》时,更向往着山的风骨、以及它的壮烈!

  山,快马加鞭未下鞍,惊回首,离天三尺三。
  山,倒海翻江卷巨澜,奔腾急,万马战犹酣。
  山,刺破青天锷未残,天欲堕,赖以拄其间。

其实我们都知,山是何等的难以攀援。李白在他著名的《蜀道难》中说道,"噫吁嚱,蜀道难,难于上青天! 蚕丛及鱼凫,开国何茫然。尔来四万八千岁,不与秦塞通人烟"。

但是,难,在越野跑者的心中,不正是他们想证明自己的天上人间? 在这样的山间,"脚踏谢公屐,身登青云梯。半壁见海日,空中闻天鸡"。

啊,这时,我们是多么的心旷神怡!

桃花源,在洞中,也在山巅,更在心里。

  云无心以出岫,
  鸟倦飞而知还。
  霓为衣兮风为马,
  云之君兮纷纷而来下。

这,就是山的美丽,峰的魅力。

世间行乐亦如此,
古来万事东流水。
且放白鹿青崖间,
须行即骑访名山!

深山,深山在深情地呼唤。

冬天的棉袄

华为又发财报了。

这一天,是2022年3月28日,地点:华为深圳总部。回国半年的孟晚舟和公司董事长郭平一起,作为发布人,就座主席台。

2021财年,华为实现营业收入6368亿元人民币,同比下降28.6%,净利润1137亿元人民币,同比上升75.9%,主营业务毛利率48.3%,上升11.6个百分点,经营性现金流596亿元人民币,年末现金持有量1284亿元人民币,全年研发投入1427亿元人民币,占全年营业收入的22.4%,再创历史新高,近10年累计研发投入8450亿元。

2021年,华为从事研发人员共10.7万人,占公司员工总数的54.8%。截至2021年12月31日,华为在全球共持有有效授权专利45万余族(超11万件)。公司业务遍及全球一百七十多个国家和地区,服务全球三十多亿人。2021年,华为人均年薪70.3万元,全年分红614亿元人民币,占公司员工三分之二的13万持股员工人均47万元。

郭平说，2021年，华为活下来了。

孟晚舟说，我们的规模变小了，但我们的盈利能力和现金流获取能力都在增强，公司应对不确定性的能力在不断提升。

华为在"求生存、谋发展"的道路上，又度过了一个冬天。

自2001年全球互联网泡沫破灭，任正非在公司四百五十四名总监以上干部会议上，作了"华为的冬天"的讲话以后，"华为的冬天"就在我脑海里留下了不灭的印记，每时每刻，我都觉得华为在冬天里，而每年3月，华为都会发出如春天般灿烂的财报。

这个"凡尔赛"的任正非，这个如哲学家般思辨的任正非，这个清醒到让美国人都觉得可怕的任正非。

正是这个任正非及他辖下的华为，导致了中美之间建交以来从未有过的大浪——中美贸易战。

一切的一切，都起因于他坚持的：活下去，永远是企业的第一法则。

为了活下去，任正非两次癌症，几近离去。为了活下去，女儿孟晚舟被加拿大政府无端扣押近三年时间。

为了活下去，他说，我们要学习两个人，一个是韩信，一个是阿庆嫂。学韩信是学他的委曲求全，委曲求全是人生最大的美德；学阿庆嫂是学她的为人处事，处处有光。

为了活下去，他说，中国要发展，唯有靠自强，华为要发展，唯有靠自强。

为了活下去，他说，我天天思考的都是失败，对成功视而不见，也没有什么荣誉感自豪感，全是危机感。

为了活下去，华为早在1998年就制定了《华为基本法》，这是至今为止国内唯一一家制定此类规则约束自己的民营企业。

为了活下去，华为坚持赚小钱不赚大钱，就像王小二卖豆腐，薄利多销，善待客户。

为了活下去，2001年，任正非说，回顾我自己走过的路，扪心自问，我一生无愧于祖国，无愧于人民，无愧于事业与员工，无愧于朋友，唯一有愧的，是对不起父亲母亲。没条件时没有照顾他们，有条件时也没有照顾他们。爸爸妈妈，千声万声呼唤你们，千声万声唤不回你们。

如此强烈的活下去的愿望，让创业35年的华为，站在了世界通信行业之巅！

谁能想到，创立时只为香港客户开展交换机（PBX）贸易的、注册资本仅2万元的华为，成为了中国制造业的标杆，成为了中国人民骄傲的资本！

华为华为，为中华民族有所作为！

2011年，任正非说，我创立华为时，已过了不惑之年，但时代已经没有时间和机会让我不惑了。

我们的目标只有一个，就是胜利地活下去，快乐地度过充满困难的一生。

很多人可能如我一样，不能理解为何任正非对活下去有如此强烈的担忧，对怎样活下去有如此之多的思考。

任正非说，我真正理解活下去这句话的含义，是小时候家里非常穷的时候，父母亲每餐都严格实行了分饭制，家里的兄弟姐妹才全都活了下来。

任正非出生于 1944 年，小时候正是三年内战、国家独立以及 50 年代饥荒仍频、60 年代初三年自然灾害的时期，父母微薄的工资要养活七个小孩，其难度可想而知。

作为长子的任正非，记住了父亲对他说的一句话：永远要记住知识就是力量，别人不学你要学，不要随大流。

不随大流的任正非，高考前三个月每天吃着母亲从弟弟妹妹口中省下的一块玉米饼，1963 年考上了重庆建筑工程学院（现重庆大学）暖通专业。

正是这个建筑暖通专业的毕业生，创办了世界顶尖的通信企业，这是两个除了"通"是同一个字以外，两个完全不相干的领域。

任正非说，个人永久性的标志（学历、职称、社会荣誉等），仅仅是个纪念罢了。只有经过了今天的苦日子，可能才会有明天的好日子。

"我们什么时候可以喘口气？退休的时候。"因为创造一份事业，就是给自己创造一个坟墓。一个人再没本事都可以活到六十岁，一个企业没有能力，可能连六天都活不下去。

1995 年，在创业仅仅七年、大部分人正面临七年之痒之时，任正非就提出公司要用三年时间，建立世界一流的工厂，这个一流主要是：管理一流，工艺设备一流，建筑一流。他说，骨架、外衣都容易达到一流，真正达不到的是队伍、是管理。

在军人出身的任正非眼中，管理位居第一。因为只有管理好了，才能打胜仗。

管理是什么？这是一个理论上很好阐述、实践中很难表述的问题。它是所有组织和个人都必须共同面对的问题，也是世界性难题。当企业做不好或改进不了管理的时候，它很可能已开始衰落甚至死亡。

从形式上讲，管理是制度、是架构、是考核、是合作、是文化、是沟通、是培训、是干部、是队伍、是……它是似乎有穷、其实无穷元素的有机组合，就像魔方，每个节点都需要有完善的组合，这个组合，对企业来说，就是人均产出效率，就是 ROE（净资产收益率）。

ROE 好了，这个企业就能实现从必然王国走向自由王国。

什么是自由？自由就是火车从北京沿着轨道开到广州而不翻车，这就是自由。也就是说，能够顺利达成目标才是真正的自由，这也是"越自律越自由"的内涵。

其他的，叫散漫，而不是自由。

自由实现的过程，是经霜傲雪的过程，是刀刃向内的过程，是爬坡过坎的过程，是"甘于平淡、耐住寂寞、默默奉献"的过程，是"为这个世界献出一点爱，而不是献出一把刀"的过程。人生是美好的，但过程确实很痛苦。正因为痛苦，甚至可能满身伤痕，才会有记忆，才会刻骨铭心。

"什么是幸福？人生攒满了回忆，就是幸福"。

是金子总会发光的，但首先你得是金子，"不埋怨，不怀念，努力前行""我们的奋斗,主观上是为了自己和家人的幸福,客观上是为了国家和社会的发展"。

所以,千万"不要在无益的朋友圈,消耗了你的人生和青春"。

每个华为人都要"一切为了前线,一切为了业务,一切为了胜利"。

为了胜利,"高层要有使命感,中层要有危机感,基层要有饥饿感"。

每个人都要记住《克劳塞维茨战争论》中的名言:要在茫茫的黑暗中,努力发出生命的微光,带领队伍走向胜利。

最终实现的,是企业的成功。

企业真正的成功,不是在大机会时代、机会主义的成功,是"历经九死一生,还能好好地活着"的成功。

一年有四季,华为也一定会遇见冬天。但在任正非长期贯彻的"以奋斗者为本"发展思想的引领下,华为或许已经种下了截然不同的基因,这基因推动实现的,是华为真正的基业长青。

"我们将来留给人类的瑰宝是什么?华为公司什么都不会留下,就留下管理"。

管理,而不是现金流,华为真正的棉袄!因为,"财富从哪里来?财富从管理来"。

"管理的最高境界,是毛主席提出的'既有民主、又有集中,既有纪律、又有自由,既有统一意志,又有个人心情舒畅、生动活泼的局面'"。

在这样的管理理念面前,不要"叶公好龙",这也是真正的企业文化。任正非说，资源是会枯竭的，唯有文化才能生生不息。

现在，让我们重温一下任正非以"华为的冬天"为主题的"2001年十大管理工作要点"：

01
均衡发展，就是抓短的一块木板。
管理要持续改进，要实现前中后台的均衡。

02
对事负责，而不是对人负责。
对事负责，是扩展体系；对人负责，是收敛体系。

03
自我批判是思想、品德、素质、技能创新的优良工具。
自我批判包括个人和组织。自我批判，不是为批判而批判，不是为全面否定而批判，而是为优化和建设而批判，目标是提升公司整体核心竞争力。

04
坚定不移推行任职资格管理制度。
识别一个干部是不是好干部，是否忠诚，标准有四：
（1）有没有敬业精神？对工作是否认真？是否善于反思：改进了吗？还能改进吗？还能再改进吗？
（2）有没有献身精神。斤斤计较的干部绝对做不好；
（3）有没有责任心；
（4）有没有使命感。

05

不盲目创新,总部机关要最小化。

努力提高单位效率。

06

坚决做到管理规范。

建立良好的"业务为主导,会计为监督"的管理系统。

07

面对变革要有一颗平常心,各级干部要有承受变革的心理素质因为变革一定是利益的重新分配。

08

模板化是所有员工快速进化的法宝

规范化管理的要领就是工作模板化,也就是标准化,大家必须严格按标准执行。

09

华为的危机,以及萎缩、破产一定会到来

我们在春天和夏天要想着冬天的问题。华为没有经历过磨难,这是我们的最大问题,磨难是一笔财富。

10

安安静静地应对外界议论

我们只对社会负责,做到遵纪守法,努力给国家多交税,这样公司就会安全、稳定地发展。

在华为松山湖基地,偌大的园区竖着一块牌子,上面写着:

所有世间美好的事物，都值得耐心等待。

　　看到它、想到它，我都会默默感动、深深祝福。华为，我们的骄傲！希望你一直都在春天里。

人生文学系列

播种"顺"未来

2022年即将过去了。

回首过去的一年,我们常常的"夜来幽梦忽惊起,料是世事不如意。光阴似箭时如水,又是一年匆匆去"。

相信2022年的各种不易,都会在我们心里留下不灭的痕迹。

难忘的记忆。

这难忘在于它的突然、它的复杂、它的持久、它的影响面、它的不确定。突然之间,它让从南到北、从东到西的我们所有人原来顺顺当当的日子,变得昨是而今非,昨非而今是。

曾经豪气冲云海,一步江湖无尽期。

就这样,它在我们平直的人生线条上,扭下了一个又一个不顺当的结。它让我们原本追求探索的人生,变得曲曲折折起来。

而顺,却是我们每个人的理想愿望、基本诉求。

昼短苦夜长,何不秉烛游嘛。

是啊,如果不顺,这日子可怎么过下去?自己人生的目标,怎么可能实现？个人的价值，如何能够得到提升？心中的诗和远方，何时才能来到自己身边？

谁让我们"生年不满百，常怀千岁忧"！

此理，古人深知。

为了宽慰自己，也是期盼更好的未来，中国古人早就创造了一个朗朗上口的成语：六六大顺。六六大顺，因此至今依然是人们词不离口的曝光度最高的成语之一。尤其是在中国最重要的传统节日——春节相互拜年时，大家一定会说的三句话之一："身体健康、六六大顺、恭喜发财"。

那么，什么是顺呢？

这从"顺"这个字的构造上就可以看出古人造字的智慧。

顺的左边，是三撇，它代表的是人的昨天、今天和明天；右边是个页，代表书，意指人生就是一本书。我们的使命，就是要把自己人生的这本书，一页一页地翻过去，今天翻成了昨天，明天翻到了今天。每一天，无论你愿不愿意，每个人都必须把自己人生的这本书这样翻着。我们唯有把自己人生的这本书，顺顺当当地这样持续翻过去，我们的人生就一定是顺的。

但是，这本书却不是那么容易翻的。这本书太沉、太厚，太理想、太容易受到外部影响，太容易被风吹跑、被雨淋湿。

或者，我们自己太容易把它卷起来，不是卷成一本更好的书，而是抱着美好的愿望自觉把它卷成了一卷废纸。

理由也很简单：为乐当及时，何能待来兹。

但是，我们深知，这是不能满足我们期待的眼神的。

因此，这便需要我们不停地整理自己这本书！我们要及时并善于把自己书上的灰擦净，把书中的页理平，把书里的字看明白，把人生的这本书装进自己的心里。

有的人可能会说：这太难了。

确实，这不易。如果容易，我还会写这样一篇文章吗？我还会做这样的思考和探寻吗？

我因跑步写过一本有关人生的散文集《生命的荣光》。书的封面上，我用了一句我在跑环勃朗峰超级越野赛（UTMB）、在后半夜非常困难的时候想的一句话：相信最后的结果一定是好的，如果不是，那一定不是最后。

这最后的最好结果，却是有条件的，需要我们无论遇到怎样的艰难困苦，都要聚精会神、勇于前行。自古雄才多磨难，从来纨绔少伟男。路漫漫其修远兮，吾唯静心将索求。这求的，就是播种后人生收获的幸福。有一首歌曾唱道：幸福不是毛毛细雨。我要说，幸福就是毛毛细雨。我们被毛毛细雨滋润着，这就是幸福，长久的幸福。这幸福，早点晚点，是一定会来敲门的。

今朝当有新气象，改弦易辙待来日。

曾有个佛偈说，树在摇动是树动、风动还是心动。我说都在动，因为这是大自然的规律。动是因为静，动是为了静。静以修身。所以，静下心来，播种吧。不违农时风雨顺，秋来收获粮满仓。道理千万条，行动第一条。无论何时无论何地、何种处境，人生只要种出理想的果实，甘美自在口中。

播种吧，为了自己"顺"的人生。

更好的活法

人生在世，每个人都希望自己活得丰盈一些，便总在追求自己"喜欢"的活法。

亘古以来，这都是人生不变的命题。

应该是大二吧，学校安排上思想品德课。主讲老师当年虽仅三十出头，却是个能够把思想品德课讲到年轻人心里的老师。

是年，电影《人生》上映，老师整节课便安排我们讨论"人生"，在我们尚不知人生为何物的年龄。

但从此，便记住了电影主角高加林、刘巧珍，以及扮演高加林和刘巧珍的周里京、吴玉芳。一念之缘，一生难忘。

这，或许就是人生？

记住能记住的，记住该记住的，忘却该忘却的，忘却不该记住的。

《人生》改编自路遥的同名长篇小说。绝大多数人记住路遥，是因为他呕心沥血的作品《平凡的世界》，以及这个平凡世界里不平凡的孙少平和他的人生。《平凡的世界》面世一周年,四十三岁的路遥,结束了他的不平凡的人生。

路遥说,生命里有着多少的无奈和惋惜,又有着怎样的愁苦和感伤?雨浸风蚀的落寞与苍楚一定是水,静静地流过青春奋斗的日子,和触摸理想的岁月。

路遥说,你失去了金钱,可以再挣;你失去了一生,便再也不能回头。

1992年底,路遥失去了回不了头的人生。

《人生》的结尾,高加林从县城广播站回到了生他育他、但他的根扎得不深的这个名叫"高家沟"的小山村。任他的内心多么想展翅翱翔,这时,唯有这个山村是唯一可以接纳他的终点站,抑或也是加油站。

虽然这时,巧珍已为人妇,父亲高玉德,这位曾敲他屁股、最疼他的德顺老汉,气得已一无寻处。

一个努力上进的农村优秀青年,因为想过人上人的日子,此时却只能面对着眼前的众叛亲离。

这是高加林始料未及的人生。

"莫做无情之人,莫行绝情之事",路遥的话,高加林听得太晚。

《人生》是一部不那么长的长篇小说,讲述一个农村高中生高加林的故事。在改革开放初期,在陕北的黄土地,高加林是村里唯一的高中生,于是,在国家大兴教育之风的年代,他便顺利成为了村小学教师。

没有想到的是，风生水起地做了三年小学教师的高加林，被村支书那考试没怎么及格过的刚刚高中毕业的儿子顶替了。心有不甘的高加林，便准备豁出这条命，找有关部门说理去。得知儿子想法的父母，还没有来得及从"文革"的阴影中走出来呢，妈妈的一句"这样咱以后的日子，就没活路了"，硬生生把儿子摁在了山沟田间。

从此，高高的山坡上，心气孤傲的高加林，似乎要让人知道他要往高处走，总是只身赶着牛，在强烈的阳光下，从山下往山上犁去，挥着鞭，赶着牛，倔强地从山下往山上犁去！孤苦的身影，像单薄的玉米杆子，一遍又一遍地摇曳在荒芜的沟壑大地。

他想用劳动的痛苦，掩盖他心灵的凄切。

远方，《信天游》的呐喊，是高加林对社会不公的挣扎：

你晓得

天下黄河几十几道弯哎

几十几道弯上

几十几只船哎

几十几只船上

几十几根杆哎

几十几个那梢公呦

来把船来搬

……

走不出几十几道弯的高加林，却有着一个默默喜欢着他的刘巧珍。家境富裕、清新可人、长着一双清澈大眼睛的刘巧珍，不顾父亲举起的打她的鞋底，不顾一切地喜欢高加林，喜欢他是个有文化的人。

她对高加林说，"加林哥，你不知道，我是多么地爱你"。

刘巧珍在草垛里向高加林表白的话，正好被在草垛里玩的孩子们听到了，孩子们调皮地一起喊了起来，"高加林刘巧珍，高加林刘巧珍""高加林刘巧珍，高加林刘巧珍"……

这一场景，整整持续了近一分钟之久。吴天明导演这些用心良苦的设计，想说的是：高加林的人生已经很幸福。

机缘巧合之下，文化人高加林来到了县人民广播站工作，"我再不是这城里的匆匆过客，我理想的风帆就要从这里起航了"。

高加林离开山村的那天，巧珍送他，他们走着，默默地走着，走到村头的桥边，神情郁郁如始的高加林对刘巧珍说，你别送了，回去吧。

桥边的哗哗黄土水流声旁，站着依依不舍的巧珍：加林哥，你常想着我，就和我一个人好。

山那边，信天游的主题曲翻过一道道山梁传了过来：

　　上河里的鸭子下河里的鹅
　　一对对毛眼眼照哥哥
　　煮了（那个）钱钱（哟）下了（那个）米
　　大路上搂柴撩一撩你
　　青水水的玻璃隔着窗子照

满口口白牙对着哥哥笑

双扇扇的门来（哟）单扇扇的开

叫一声哥哥（哟）你快回来

叫一声哥哥（哟）你快回来……

忙着实现人生的高加林没有回来。

想念着加林哥的巧珍一次次来到县城，一次次失望地回到山村。终于有一天，在广播站的门外，巧珍遇到了采访归来的高加林。

终于见到了加林哥的巧珍激动又忐忑地轻轻说：门卫大爷说你不在，不让我进去。

进到高加林的办公室，巧珍拿出给高加林亲手缝制的布鞋，然后兴奋地跟高加林聊起了家里的猪啊羊的。只是，写出了一篇篇颇有影响的新闻稿的高加林，对此已陌如异人。

他被他的高中同学黄亚萍打动了，黄亚萍是这样对高加林说的：你是一只大雁，你要高高地飞翔在广阔的蓝天。

树林里，高加林黄亚萍你一言我一句地背诵着白居易的"江南好，风景旧曾谙，日出江花红胜火，春来江水绿如蓝，能不忆江南"诗歌声里，是高加林内心畅游的思想：我愿意是一只翱翔的大雁，自由地去爱每一片蓝天。

在再一次送不识字的刘巧珍回家时，任刘巧珍如何哭泣，高加林还是和她分手了。

电影里，"哥哥你快回来"的歌声，一遍遍响起，一遍遍响起。

但，哥哥是不想回去了。

德顺老汉气得敲着烟斗对高加林说："你把良心卖了。加林啊，巧珍那么个好娃娃，你把人家撂在半路上，你作孽哩！加林，我从小亲你，看着你长大，我掏出心给你说句话吧。归根结底，你是咱们土里长出来的苗，你的根应该扎在咱们的土里啊。你现在是个豆芽菜，根上一点土都没有，轻飘飘的，不知你上天呀还是入地呀，我什么话都敢对你说，你苦了巧珍，到头来也把你自己害了。"

面对着只会抽着闷烟的父亲，和曾经失去过所爱、终身未婚、现在却怎么也把自己扭不过来的德顺爷，高加林说出了他的大实话："我要我的活法！"

很多很多年以后，我才明白，这部电影讲的不是爱情，讲的是人生，一个有青春、有理想、有根没土的人追逐梦想的人生。

难怪电影要叫《人生》。

这人生，就是他想按自己的想法活着。

自古至今千百年以来，无数的人终身追求的，用《明朝那些事儿》作者当代明月的话来说，就是用自己喜欢的方式度过一生。

无数人为此付出了自己的一生。

一部精美但残酷的电影《绣春刀2·修罗战场》，完整地阐述了这一问题。

影片中，一帮武士不愿意再从事锦衣卫打打杀杀的生活，想换个活法，遂被想做皇帝的弟弟利用，趁哥哥游江的机会把皇兄沉在了秦淮河里而登上了王位。事成之后，这帮武士得到的回报，却不是他们想要的浪迹天涯，而是皇帝无情的追杀。换个活法的想法，成为了他们不明所以的死法。

　　想换个活法的高加林，也终因变故不得不回到生他养他的山村，这两旁高山耸立的陕北高家沟村。

　　走到当年巧珍送别他的桥头，高加林停了下来。桥头，已不见巧珍，桥旁的小河，黄浊的水已经断流。远方朦胧的家乡山村，就如高加林朦胧的人生，夜色中，星星样的一点光亮着，在高高的山后面亮着，那是迎接高加林回家的仅有的光明。

　　看到这一切的高加林，忽然间似乎释然了。他轻叹一声，抬起腿，向村里走去。

　　这时，或许他已明白：路的尽头，仍然是路，只要走好，路上就会有你想要的生活。

自我的实现

我不明白的是，在现在这么好的时代，为什么有那么多人，不仅仅是年轻人，始终在纠结迷茫，直至以"太内卷"的名义躺平。

或许自古至今都有这种现象，都有此类困惑。从哲学角度讲，这和人生的意义有关；从价值角度讲，和人的自我实现有关。

这么多年来，我个人基本没有这样的问题。我的原则是：只问耕耘、不问收获，努力找到正确的方向，正确地做着选择，坚持前行就好。这样的付出，收获是必然的。因为其他多数的人，都在这个过程中被大浪淘沙拍在岸上了，能够破浪而进的，必然是少数。

这就是"理想，行动，坚持，超越"的逻辑。

但即使如此，却禁不住我思考这样的问题。

这样的一个问题，除非设身处地，就如我在大学任教，年已二十八九，却还只拿着100、200的薪水时，也短暂迷茫过一样，是不容易想明白的。但作为一个普遍现象的思考，却有助于我们找到合理的答案。

忽然之间，忽然我在跑港百的时候，我应该明白了，或我自认为我应该明白了。

原来，这和马斯洛人的"五大需求"理论有关。

美国人本主义心理学家马斯洛，早在20世纪四五十年代就提出了著名的人的"五大需求"理论，即生存需求、安全需求、情感需求、尊重需求和自我实现。生存需求，是人最原始最本能的需求，如吃饭、穿衣、住宿、医疗等。这些得不到满足，人就活不下去。安全需求，简单地说，人要有安全感，才能踏踏实实地生活。情感需求，这不仅仅是恋爱的感情需求，而是人要觉得得到关心、有人重视自己。尊重需求，理论上分为自尊、他尊和权力欲三类，包括自我尊重，自我评估和尊重别人。自我实现是人最高等级的需求，这是一种创造的需要。马斯洛认为，有自我实现需求的人，往往会竭尽所能、殚精竭虑，意图实现自己的理想和目标，从而获得成就感。用尼采的话说，就是成为你自己。用《明朝那些事儿》的作者当代明月的话说，就是以自己喜欢的方式度过这一生。

回顾自己从年轻时到现在，这五大需求是一点一点都逐渐经历并慢慢实现、或说慢慢解决的。在写这篇文章时，这些经历马上清晰地展现在了我的眼前。

我出生在"文革"前的1965年。当时，正是席卷全国的三年自然灾害刚刚结束不久。国家太贫穷了，能吃上饭就已经挺好，鱼啊、肉的就别想了。记得有一次，春节陪爷爷去走亲戚。吃饭了，菜都端上来了，一大碗的肉，那么一大碗的肉。看到肉，小孩子的眼睛都直了。这时，爷爷提醒我说，这个碗不能动哦。我心想，肉端上来不就是吃的吗，为什么不能动？事后，我问爷爷为什么不能吃肉？爷爷说，一家人一个春节就这一碗肉。其实那也不是一碗肉，下面都是咸菜，就上面放了几块肉。一碗肉，人来客往的要端一个春节的。

1982年，我到上海读大学了。虽然是大学生，但对刚刚离开父母，从没出过远门的自己来说，到处都是陌生的感觉。除了仅有的几个老乡，一个人也不认识。走出校门，到处都是灯，红黄绿三种颜色变来变去，也不知道是啥意思，不知道该怎么走。马路上，车水马龙，人来人往的热闹、嘈杂、新鲜的同时，我觉得我就是一颗尘埃，甚至尘埃也不是，恐惧感因此时时充斥内心。

这时，便希望得到关心、得到肯定。这种关心和肯定，是内心希望的认可，是情感深处的诉求。但老师上完课都回家去了，没有人会和我们聊聊天，座谈座谈，鼓励鼓励。同学下了课，也是东啊西的，于是总是几个同学、几个老乡在一起，似乎是一个小团体，却是情非得已。

在这样的情况下，尊重是想都没想过的。处在精神和物质那么匮乏的社会，人格都还不完整，奢谈啥尊重？能活下去就好。

自我实现就更不知为何物了。虽然心理学的书都读了一些，也知道马斯洛的"五大需求"理论，但那仅仅是理论罢了，不知道和自己有啥关系。

或许我是一个愚钝的人，也或许我离开学校以后，对事业或者职业发展尽善尽美的追求，因此无论在什么岗位，我一直处在工作比较有成就感的过程中，并几乎没有偏离比较有成就感的轨道，内心的丰沛感，或说成就感始终存在。但即使这样，也没有想过自我实现的问题，只是始终如一地一心一意做好工作、尽好职责。"诗和远方"在我，就是曾经背过的诗词、曾经踏足的土地，而不是一个理想。

我是一个农民，我追求的是科学种田。我一遍一遍地说。

我一遍一遍地这样说着，有人以为我是那样的一遍一遍的矫情。

只问耕耘，不问收获嘛。

我相信，收获一定是只问耕耘的结果。

这就如我写这么多文字，只是为了内心的丰富，而不是为了有多少粉丝。

现在，时代不同了。国家的经济社会和生产力水平不一样了。国家的人均GDP，从1978年的286美元，到2022年已过了一万美元。人们的生存需求、安全需求、情感需求、尊重需求，一夕之间都已基本实现。对任何人来说，即使生在农村，即便住在偏远山区，由于国家发展政策和福利政策的全覆盖，这些也都不是问题了。于是，"五大需求"就只剩下了一个需求：自我实现。

但自我实现，谈何容易！

不容易吗？当然不容易。

不容易的原因，既在于它没有一个标准，更在于人的发展有阶段性、呈阶梯型。它必须一步一步往上，不可能一蹴而就。这个往上的过程,是一个解决自身问题的过程,也是找到方法、克服困难的过程,是不断体验心智、思想、行为不断成熟的过程。这个过程本身,同时就是自我实现的过程。现在,这些过程都不需要经历了,人们直接来到了自我实现。那么自我实现是什么呢?

自我实现又是一个对人的综合素质要求非常高的阶段。用马斯洛的话来说,是一种"高峰体验"的情感。这个时候,人处于最高、最完美、最和谐的状态,具有一种如痴如醉、欣喜若狂的感觉。

这种感觉的真正和长期拥有,一定是在创造的过程之中,一定是一种动态的状态,而不是静止的躺平。

可见,自我实现是一件多么奢侈、多么虚无缥缈、多么理想化的东西。

所以我说,人要有理想,但不能理想化,千万千万不能理想化。

这,就是脚踏实地的价值。诗和远方,都在这脚踏实地之中。

这就是自我实现。

梅西的微笑

每个人都喜欢梅西。

但每个人喜欢梅西的理由却不同。

专业人士喜欢的是梅西的技术和他的战术素养。"他卓越的速度和创造力,华丽有效的盘带、射门以及传球(国际足联评论)";他触球的灵感,身体重心的稳定,长距离奔跑后步频的调整,甚至无球时的意识,都无与伦比。

孩子们喜欢的,是梅西的关怀,以及追逐梦想的人生故事。2017年,来到中国时,梅西在休息时间专门安排和新疆一位名叫哈利克的小朋友见面,拥抱他,并送上自己亲笔签名的球衣。哈利克则从口袋里掏出几个核桃作为礼物送给了梅西。这是因为梅西在网上看到,从小喜欢足球的哈利克,通过各种方式积攒了一把皱得不能再皱的钞票,请自己的老师买了个足球。

在阿根廷国家队,这样的孩子有恩佐、有阿尔布雷斯、有劳塔罗……梅西可能是因为从小的不易,可能是天生善良,也可能是他的无私，总之，他总是努力地把问路的孩子带上山顶。

女球迷喜欢的，是梅西对待感情的真挚，对爱情的专一。他的妻子安东内拉是他九岁时就喜欢的好朋友的妹妹，婚后，他们生了三个儿子。梅西从没有绯闻。甚至有一次比赛结束后，队友的女朋友跑向球场，想和梅西合影。摄影师拍到下的这一刻，梅西竟然手足无措。

老人们喜欢的，是梅西的谦逊，和他低调务实的做人态度。卡塔尔世界杯夺冠后，梅西说，我很高兴完成这一目标，最后一场以决赛完成我的世界杯之旅，下届世界杯还有很多年，我不觉得我还有机会，这样的结束方式是最好的。

而我喜欢的，是梅西的微笑。

当裁判哨声吹响的那一刻，梅西没有立即像其他队友一样拥抱在一起，而是举起双手，向看台上的观众、尤其是五万卖房卖车积攒旅费专门从阿根廷赶来助威的球迷致意！脸上，是他成熟而又如孩童般纯真的微笑。

领奖台上，当卡塔尔埃米尔塔米姆（国王）为梅西披上象征加冕的阿拉伯金边薄纱外套 Bisht、给予了梅西当代足坛的最高荣耀、很多人开始流泪时，梅西笑了。看到他微笑的表情，然后捧着大力神杯走下领奖台、调皮地流露出自然的笑意、一颠一颠走向迎候在颁奖台等候他的队友时，我的内心融化了。我发现这是人世间多么难得的美的景致，这景致，无论在哪里看球的人，都明白只能融化在心里。

他哪是一个如此荣耀的英雄！他分明只是个孩子！一个蓄着

大胡子的稚气的男孩子。

而他却说,如果我为阿根廷而死,请记住:阿根廷,别为我哭泣。

这时,梅西的微笑,又让我觉得是那样的悲情。

梅西,1987年6月24日出生于阿根廷圣菲省罗萨里奥,家里的四个孩子中他排行老三。

梅西四岁时加入了父亲执教的业余足球俱乐部。1994年,梅西七岁,加入了阿根廷老牌劲旅纽维尔老男孩队参加低级别训练。当年4月9日,梅西便代表少年队第一次出场比赛。结果,梅西以四个进球帮助纽维尔以6∶0击败对手。

这一年,梅西为纽维尔出场二十九次,打进四十个球。

1999年时,十二岁的梅西同样出场二十九次,更打进了五十五个球。

有一次,梅西生病了,坐在冷板凳上。球队0∶1落后无法扳回。这时,教练对他说,孩子,去给我把比赛赢回来。梅西连热身都没有做,跳起来就上场比赛。结果,独进两球,以2∶1击败对手。

教练说,你无法相信一个如此小巧的孩子,能把足球踢得这么潇洒云翳。

但梅西十一岁的那年,却迎来了他人生最早的至暗时刻。

先是1998年5月8日,他心中的圣母——外婆塞莉亚逝世了。在梅西还是个羸弱的孩子时,颇具慧眼的外婆就对他说:听好了,孩子,你以后会成为世界上最棒的足球运动员!此后,梅西也是在外婆的精心呵护下，一步步成长为了巨星。因此，外婆逝世后，每一次进球，虔诚的天主教徒梅西，都会做着同一个庆祝动作：昂起头颅，远望前方，双手指天，告慰他亲爱的外婆。

1998年下半年，仅仅十一岁，已在纽维尔踢了六年、攻进了二百三十多个球的梅西，却被确诊患上了生长激素缺乏症，又称垂体性侏儒症。即将进入发育期的梅西，急需治疗，否则一米四的他将永远无法长高。恰逢这时，阿根廷陷入了中等收入陷阱（指国民收入达到中等发达国家的水平后，由于各种原因，造成国内市场萎缩，产业升级乏力，经济增长停滞不前，民族主体性削弱，经济对外依存度增强，导致人均国民收入出现倒退状态），阿根廷因此成了全世界唯一一个发达国家倒退回发展中国家的国家。

父亲下岗，俱乐部收入锐减，虽然明知梅西的价值却因无法承担梅西每月1000美元的治疗费用而不得不忍痛割爱。梅西只能离开了球队。无奈的父亲开始带着梅西的录像带四处求助，但没有球队能聘用他，这包括意大利科莫队、阿根廷河床队等知名强队。

一筹莫展的父亲在亲戚的帮助下，于2000年9月13日，带着梅西来到了西班牙巴塞罗那俱乐部。十分重视球队潜力队员培养的俱乐部体育总监雷克萨奇，碍于面子安排梅西试训。但梅西刚刚上场没一会儿，试训便被叫停。

雷克萨奇说，如果我们不签下这孩子，我们一定会后悔。

听到这话，中间人立即用一张餐巾纸草拟了一份协议。协议上写道：莱昂纳尔·梅西要加入巴塞罗那俱乐部了。他进行生长激素治疗的费用，巴塞罗那俱乐部全包了。

就着这样一份协议，雷克萨奇和梅西的父亲都迫不及待地签下了各自的名字。

这一签，巴塞罗那拥有了一位天才级的球员。此后，巴萨赢得四次欧冠、七个国王杯、十个西甲冠军……

这一签，梅西加入巴塞罗那俱乐部整整二十一年，十六岁起加入巴塞罗那成年队整整十七年，直至2021年8月8日被迫含泪离开。梅西是足球史上仅有的两个在一家俱乐部踢球超过十五年的超级球员。

这一签，巴塞罗那笑了，父亲笑了，还是孩子的梅西，腼腆地笑了。

在生长激素的帮助下，一边踢球一边治疗的梅西，长到了我一样的身高：一米七。

这十七年，梅西为巴塞罗那出场七百七十八次，进球六百七十二个，助攻三百零五次。梅西却说，欧冠并不总是最好的球队赢球，所以才显得特别而美妙，这就是足球。

这十七年，梅西也得到了很好的成长，巨大的荣誉和不菲的身价。

至今为止，梅西获得的个人荣誉有：七次金球奖，一次劳伦斯最佳男子运动员，两次世界杯金球奖，九次西甲最佳球员……梅西的第一次金球奖，是2010年在足坛负有盛名的金球奖和世界足球先生合并成国际足联金球奖时，由二百零八名记者、二百零八个国家队队长和二百零八名教练员背靠背投票获得的。团队荣誉更是数不胜数，直至本届世界杯冠军。

梅西还是唯一一位连续五届参加世界杯并有助攻入球的球员；在世界杯赛上共出战二十六场，超越德国坦克马特乌斯，成为世界杯正赛出场最多的球员；出场时间也达到了创纪录的两千三百多分钟……

梅西的纪录太多了。他是真正的阿根廷潘帕斯草原上的雄鹰。

所以，央视诗人解说员贺炜在直播解说中说道：梅西不需要另一个冠军来证明自己，但阿根廷需要。

三十六年来，阿根廷人无时无刻不在盼望着重新回到阿兹泰克（指南美洲文明的极盛时代）的荣耀巅峰，拾回他们自1986年夺冠后丢失的梦想。那时，是天王巨星马拉多纳的时代。马拉多纳矮小的身材、粗壮的大腿、细腻的脚法、上帝的手也伴随了我的大学生涯。那时，梅西等人还没出生，他们还在遥远的梦乡等待着来到这个世界，来到这片赛场。

阿根廷离前两次获得世界杯，已经太久了。

为了回到巅峰的梦想，梅西和他的队友们高声唱道：

> 我出身在阿根廷，
> 在迭戈·马拉多拉和莱昂纳尔·梅西生活的土地上，不知悲痛了多少年，
> 为我们输掉的一场场决赛，……
> 孩子们，让梦想现在开始，

> 我想第三次迎来胜利,
> 我想成为世界的冠军。
> 这样,我们可以在天堂看到迭戈,
> 他与父母一起,正为莱昂纳尔欢呼。

然而,阿根廷的梦想也是别人的梦想。任一个个巨星如何横空出世,任一个个巨星怎样努力,阿根廷就是拿不到冠军。阿根廷陷入了自 1993 年获得美洲杯冠军后的冠军荒。

多少次,梅西因比赛失利而黯然神伤。

2010 年世界杯,阿根廷 0∶4 败给德国队后,梅西行尸走肉般地走回更衣室,还没坐下就嚎啕大哭,年已二十三岁的梅西,哭得几乎要晕了过去。

2007 年开始,梅西遭遇了五次美洲杯失利。2016 年美洲杯,梅西为了给阿根廷带来好运,开始相信玄学,特意蓄起了小胡子,因为那是胜利的象征。但那颇具男人味的胡子,却依然没有给阿根廷带来好运,梅西把致胜的点球踢飞了。凌晨 2 点,梅西一个人在更衣室痛哭,哭得近乎丧失了理智。

那一年,梅西三十岁。

这是一个具有使命感的人才有的无能为力。

因为美洲杯,那可是阿根廷为庆祝独立建国 100 周年,在 1913 年专门创办的赛事。

赛后,梅西宣布退出国家队。

梅西说,我尝试了很多次,也努力了很多次,但我真的无法做到!

当时年仅十五岁的恩佐,这么年轻的一个小球员,听闻后也专门给梅西写了一封信,一封感情真挚到不像一个十五岁孩子写的希望梅西留下的信:

亲爱的里奥,我们该如何说服你?我们从来没有承受过你哪怕1%的压力。你早上起来照镜子,你一定知道四千七百多万国民想让你做的完美的事情……请开心地比赛吧,因为你踢球的时候,不知道会给我们带来多大的乐趣!

梅西留下了。阿根廷队改变了。

英国名宿莱因克尔说:梅西的才华不仅体现在进球和助攻,以及能在对手三四个人的包围中突围,还因为他在场上的视野、意识和决策。他只要一拿球,整个球场都会屏住呼吸,球迷们总是情不自禁地站起来,等待着他的足球魔法,而他也总是让他们心满意足。

卡塔尔世界杯半决赛,阿根廷战胜克罗地亚以后,阿根廷女记者索菲结束提问后,突然深情地说,莱昂,不论最终结果如何,有的东西没人能从你这里夺走,你在我们每一个人的生活中都留下了印记,没有一个阿根廷的孩子没有10号球衣。你让这么多人经历了这一切,这比世界杯更重要。

就像鲍勃·迪伦唱的那样,一个人要走多少路,才能成为真正的男人。

在索菲的眼中，梅西是一个真正的男人。

难怪，这么多足坛巨擘都如此的希望梅西登顶。

克林斯曼：我希望梅西能赢得世界杯，就让他圆梦吧。

罗纳尔多：作为巴西人，阿根廷夺冠会让我不开心，但就个人角度，如果梅西夺冠，我会为他高兴。

美洲杯战胜阿根廷队的智利教练胡安·皮齐都说：我那一代人，也许认为梅西不如马拉多纳，因为马拉多纳为阿根廷足球做出的那些事过于伟大，但我个人认为，梅西是有史以来最好的球员。

梅西可能不是伟大的，但他是圆满的。

他总是在人生有遗憾的年纪，找到对待遗憾的正确方式；在人生低谷的日子，找到爬上山顶的正确路径；在人生处于巅峰的时刻，找到自己心灵的归寂。

他总是在需要全力以赴的时候，愿意粉身碎骨；在需要温柔相依的时刻，总是含情脉脉；在需要承担的时候，勇于挺身而待。

因为，他始终知道他是谁。

阿根廷诗人博尔赫斯写道：任何命运无论多么复杂漫长，实际上只反映于一个瞬间，那就是人们彻底醒悟自己究竟是谁的那一刻。

梅西始终觉悟地醒着。

他微笑着觉悟地醒着。他醒着，他微笑着觉悟地醒着。

因为，他知道，他，就是梅西。

进退的维谷

要不是跑越野，进退维谷这个成语，在我心里可能只是一个成语，而不是一种状态，我不可能对进退维谷有如此切身的理解。

那是 2018 年，我参加香港 100 千米越野赛。CP5（第五个补给点）以后，是马鞍山。我到马鞍山脚下时，天已经黑了下去，黑沉沉的夜空下，选手们纷纷打开了头灯。我第一次在晚上越野，带着平时见过的和矿工们一样的头灯，前方的路瞬间变成了一个光圈，人和光圈一起，不停地在跑动中晃着，晃向前方的一个个山谷。

马鞍山有六百多米的爬升，路窄，比较陡，是属于较难爬的一种。这也是香港山的特点，不一定高却比较陡。这些山路大多是用石块垒起来，而不是像国内一样用水泥浇过，宽阔平整、高差合适。我合理分配着体力，用尽可能省力的姿势，跟在后面慢慢爬着。近两个小时后，我爬上了山顶，山顶是一条徒步出来的小路。

跑出去不远，一名选手焦急地问：下一个补给点在哪里？怎么还没到？一问才知道，他的水喝完了，急着想补水。

恰巧港百 CP5 到 CP6 的路线，是整个赛程距离最长的一段，有近 14 千米。刚跑完一半左右就没水了，这荒山野岭的，没水喝是够焦心的。周围的几个人听了，都有点自顾不暇的样子，都没有出声。

再往前，不远处就开始下山。怎么上来怎么下去。我按照越野的要求，技术性地下山。都说上山容易下山难，我倒觉得下山还挺容易的。

不一会儿，来到了谷底，来到了 CP6 补给点。补给点里都是人，都在补给、拉伸、休息。路上缺水的跑友，应该也在其中吧。

片刻之后，我再次出发。前方就是港百线路上著名的针山、草山、大帽山，一座比一座高，一座比一座难。其中，大帽山也是香港最高的山，海拔 957 米。跑过大帽山，都是下山的路，5 千米后，就将抵达港百的终点，我就将完成这距离 103.6 千米、累计爬升 5100 米的超级赛事。

越野就是这样，不停地登上山顶，跑入山谷。假如登顶是一种阶段性的成功，山谷则是又一个成功的开始。而在山谷，却往往又会让自己的心里，有进退维谷的胶着。

后半夜了。进，是山，退，也是山。无论进退，都要爬过前面或后面的山，往前跑，会登上又一个山顶，只是登顶之后，还有山谷，还有山顶。往后退，可以就地退赛，只是刚刚爬过的山，也就白爬了。

《诗经·大雅·桑柔》说：人亦有言，进退维谷。

现实生活中，有多少时候，我们都会处于这样进退维谷的两难境地。连一代文豪郭沫若都说，在我自己的思想上，也正感受着一种进退维谷的苦闷。

但正如俞敏洪所说，人是很奇怪的，一旦被逼入进退维谷的境地，反倒想开了，轻松了，在改变自己心态的瞬间，人生就出现了转机。此前的恶性循环被切断，良性循环开始了。在这个经验中，我明白了一个真理，就是人的命运决不是天定的，它不是在事先铺设好的轨道上运行，根据我们自己的意志，命运既可以变好，也可以变坏。

总是该追求好的吧，总是有办法追求好的吧，任何一个人的人生，都不可能是一片坦途，他们的面前，都会有各种各样的山矗立在那里，有形的、无形的，实实在在地矗立在那里。我们人生的使命，就是在可控的前提下，翻过去，从山谷爬向山顶，翻过去，冲出维谷的状态，奔向又一个希望。

就是在这样的一次次自我修正中，我跑过了香港的山、勃朗峰的顶、龙羊峡的沙砾、崇礼的冬奥场地，跑过了一个又一个越野，冲向了一个又一个终点。

上马志愿者

徐浦大桥下回形针般的折返点,我站在37千米处的路牌下,一股细细的幸福在心里洋溢。

2022年的上海马拉松(以下简称"上马"),在所有跑步或不跑步的人的翘首期盼中来了,轰轰烈烈地来了。

两年了,跑者跑过了沪上多少的土地,却不曾跑过这上马的赛道。

赛道也是土地,而这土地,却是跑者心中的圣地。

从外滩金牛广场出发,金陵东路、河南南路、南京东路、常熟路、西藏南路、徐汇滨江大道,直至西岸艺术中心的白色建筑,那是终点。那里,有足以告慰自己的感人呼吸。

11月27日,一万八千人跃跃欲试。而我,却立志做一个志愿者,在跑友们最需要我的地方,给他们提供补给:物质的,精神的……

此时,距我第一次上马,已然过去了八年。

2014 年，由于预见到马拉松风起云涌之大势，我便在刚开始跑步的年份，在上马赛道，完成了自己的首马，时间：4 小时 21 分 08 秒。

过程的艰难自不用言说。尤其是 30 千米以后的人困马乏之时，几乎是挪动着跑完最后的 12.195 千米。

想起来，似乎是自己的坚持，其实是志愿者的鼓励。

马拉松赛道两旁的志愿者，牺牲自己的休息，或者一展英姿的可能，甘心情愿地从凌晨起，成为选手们完赛的天使。

八年来，我在无数马拉松的赛道上，享受着天使般的笑脸、递过的水杯、送上的香蕉，还有"加油、加油"的鼓励，创造着自己的一个又一个 PB（个人最好成绩）。

每当此刻，我便会坚定自己动摇的心，一步步顽强地冲过最后的一厘米。

而我却从来没想过做一个志愿者。我理所当然地以为，我是一个跑者，而不是一个志愿者。

2022 年的上马，我要做一个志愿者。

做志愿者很累的，还不如自己跑，有人提醒我。

我却为我能成为志愿者如释重负。

我要成为帮助跑友 PB 的人。

11 月 26 日，比赛前一天，我来到城市超市饮料区，跑友们需要的红牛、佳得乐、水，可乐、宝矿力，一阵搜罗，满满地装进了背包，再捎带抓一些香蕉、巧克力，便来到云锦路 6 号线地铁口与 Echo 汇合，踏勘第二天的补给位置。

之前，上马的终点——徐家汇八万人体育场一直在进行整修，尚未完毕。因此今年上马的终点，依然放在西岸艺术中心的所在。这个颇有艺术气质的终点带来的问题是，上马最后 10 千米赛程只能在龙腾大道附近比较狭窄的地方进行，使得寻找一个醒目、合适、方便的补给点，颇为不易。沿着最后 10 千米的赛道几经来回，我和 Echo 决定，我俩分设两个补给点：她在龙腾大道龙兰路口正对终点 31.5 千米处，我在 37 千米上桥的心碎坡前。

37 千米，离终点只有 5 千米 195 米，却是跑者最艰难的位置。这时，绝大多数选手心里想的是终点的拱门，是熬一熬，熬过这最难的阶段，迎接即将到来的荣耀时刻。

27 日早上 8 点，我准时来到了 37 千米处。略显寒冷的空气里，太阳被厚厚的云层遮着，有气无力地透着一点红晕，犹如晨睡未醒的少女，欲起还休的样子。赛道上湿漉漉的，天并未下雨，应该是工作人员为保证赛道的质量，专门喷洒的吧，似乎有点滑呢。赛道两旁用绳子拉着，提示着跑者和观众的边界。边界线内，空荡荡的，选手们还在远方拼杀。应该已经到了半马处的第一梯队，还有 50 分钟左右会来到这里。边界线外，每隔三米，就有保安背手而立，和身旁的树木一起，保卫着赛道的安宁。

两个年轻的孩子，蜷缩在厚厚的羽绒服里。一问，才知是复旦大学医学院的学生，早晨 4 点就到了这里。他们的任务是负责给选手喷缓解肌肉僵硬的云南白药。小朋友为了来做志愿者，兴奋得一晚上都没有睡觉。多么有责任感的孩子！我马上拿出手机说，给你们拍张照，纪念一下。拍完照，我便搬过桌子，小心翼翼拿出补给,端端正正地摆好,然后把纸杯一个个恭恭敬敬放正,只等选手的来临。

37千米,是选手艰难的所在,却也是开阔的所在。站在这里,我可以清晰看到对面赛道上跑过来的人,我可以及时与他们互动,提振他们疲惫的心灵。他们从对面经折返跑到我这里,大约有700米,对大部分选手来说,4分钟左右可以跑到我面前。这4分钟,我可以准备好饮料,找到最佳的拍摄角度,留下选手虽然疲惫却依然奋力的身影。或者,他们在一闪而过的时候会看到我,会得到我的鼓励。这鼓励,如我一再经历的那样,足以使他们再度兴奋,得到自己想要的成绩。

做好准备工作,看看表,估摸着第一梯队到达还有半个小时,我便沿着赛道向龙腾大道走去。我慢慢地走着,呼吸着充满选手活力的清新气息。忽然,"西岸2022"几个大字,映入了我的眼际。哦,外滩开发延伸带已到了这里。曾经,这地处吴泾的大片土地,是水泥厂、焦化厂的聚集地,到处烟灰弥漫,甲烷冲鼻。现在这里已是南外滩了。外滩从原来短短的仅有800米,现已贯穿浦江两岸,从杨浦大桥到徐浦大桥,两边都足有一个半马的距离。这条线路,我已来回跑过很多次。据说,这外滩还要向闵行方向伸展而去,该不会单程来一个全马?!

江上,海鸥随心所欲地飞翔着,白色的羽毛上,闪动着亮丽的光色。

看看时间差不多了,我便向37千米处跑去,我不能错过第一梯队的冲刺。

8点57分，在经过1小时57分的奔跑后，第一梯队的管油胜、杨绍辉、贾俄仁加凌空而至。空无一人的赛道上，立即热闹了起来：开道的警车、转播的卫星车、巡逻的安全车、医疗救护车等，前赴后拥般围着第一梯队，威风凛凛地碾压而至。

管油胜等四人，紧紧地跑在一起，完全看不出疲劳的样子，杠杠的实力。快跑到我面前，我扯开嗓子喊了起来：管油胜加油，杨绍辉加油，贾俄仁加加油。尤其是我特别喜欢的路跑和越野双料跑者贾俄仁加，我不停地喊着"加油加油"。应该是长期跑步的关系，我的中气十足，声音明显盖过了周围的人。就在转眼间，第一梯队已远远而去。最终，杨绍辉以2小时16分零4秒夺得冠军，管油胜以2秒之差夺得亚军，贾俄仁加以2小时16分07秒获得第三名。

不一会儿，大宋过来了。四十岁的他，目标成绩是跑进2小时32分，进入国家健将级行列。为了实现这一目标，作为纯业余选手的他，最高月跑量曾达到惊人的1100千米，远超专业选手600千米左右。见到大宋，我一下子兴奋起来，高声喊道："太厉害了，加油加油！"旁边的人一听疑惑地问：这人你认识啊？我轻飘飘地说"好朋友、好朋友"，得意之情不禁外溢。我想给大宋递杯红牛，他看看我，摆摆手，径直跑去。9点23分左右，绍波过来了，赖赖过来了，老教授过来了……我一面递饮料，一面给他们摄影摄像。旁边的人又问：你们这是什么跑团，这么厉害？我笑笑，自豪地说："我们是夏季练歌。"

逐渐地，越来越多的选手来到了37千米。

越来越多的选手需要补给,认识的、不认识的。我发动身边两个人一起,忙不迭地服务着,生怕没有服务好耽误了他们的PB。两年了,每一秒都是对他们努力的肯定。从这里向前5千米,他们就会冲过终点,他们就将收到PB或没有PB的完赛信息,他们就将戴上心仪的又一块上马奖牌。一片乌云飘来,太阳知趣地隐了下去,燥热的体感立马变得温润。这天气,懂人理,太理解选手们的不易。

站在37千米已经三个小时,我该走了,却欲行又止。回头间我想,假如我是跑者,这时我会是什么样子?我会PB吗?

徐浦大桥上,车辆一辆接一辆隆隆奔去。看着桥上的车辆和赛道上的选手,我发现,这是人间最美的相映成趣。

解心的可能

昨夜，一夜的雨，好大的雨哦。

好久没下这样大的雨了。这雨，可能想下而没有下，憋得太久了，大得似乎有一种情绪。雨如线般的坠落中，豆大的雨点打在地上，噼噼啪啪的，一边拍打，一边又奋力反弹而起。就在这样的几起几落中，雨水才安静地躺进大地的怀里，静静地，流进青草间，依偎在花里。

雨，也是有感情的，就像窗前的人一样。

窗前的人只是不知，自由后的自己，是否还能回到原来的样子。

两个月了。两个月中，我几乎没有出过门。我每天在房间里转着，迫不得已又漫无目的地转着，寻找着心里想要的生活。

突然间，我不用每天上班了，我好兴奋。我可以不用做什么，却照样拿着工资，每天想睡到啥时候就睡到啥时候。"睡觉睡到自然醒、拿钱拿到手抽筋"，在完全没有预料的情况下，已实现一半。

一点点地，我的幸福感开始逐渐升腾，我内心第一次实实在在地感到，我已是一只自由的鸟儿，飞翔在想飞的天空。

但我却飞不起来。瞬息间我发现，我只能蜷缩在斗大的房子的一角，无所事事，百无聊赖，心里的诗情和远方、美食与梦想，都在日复一日地慢慢消逝。

"有一种鸟儿是永远也关不住的，因为它的每片羽翼上都沾满了自由的光辉。"电影《肖申克的救赎》中，男二号瑞德说道。

而我却越来越习惯于被关住，越来越觉得这样也挺好。这样的状态，我不用一大早起来赶去上班，不用面对矛盾，不用讲不想讲的话，不用见不想见的人，不用面对指标，不用去接受数不清维度的KPI考核。我突然发现我们都在不经意间回到了异常公平的社会：我们没有地位差异，没有贫富之分，没有职位高低，没有美丑之别。我们的生活，似乎都变成了一个模式。

想到这些，我的心情一下子开朗起来。我又捧起了IPAD，追起了我喜欢的剧；打开了抖音，在各种美妙的视频中追寻着自己喜欢的人生。

托尔斯泰说，对于我们唯一重要的问题是：我们应该做什么？我们应当如何生活？

以前经常的思考，现在再也不用纠结，纠结解决不了我的问题。我的生活都在我的斗室中一天天地度过。

看着窗外的鸟儿，想着它飞出鸟笼，只不过是不得不出来觅食。

我忽然觉得，我已经如尼采所说，成为你自己。

我已经成为了我自己。

阳光轻柔地照进窗户，照进了我的茶杯。我端起茶杯，轻轻地呷了一口。茶杯里家乡的白茶，在阳光下不自觉地翻动着，一片片映出了它柔媚的光。

　　看着茶叶不停翻动的样子，放下茶杯，我的心也开始翻动起来。难道就这样度过一生？难道不想去看看天、看看地？看看湖、看看海？看看风物、看看人情？不想去看看布达拉宫的伟岸、喜马拉雅的峰顶？还有，还有那太平洋的辽阔、马里亚纳海沟的深邃？！

　　唉，真如卢梭所说：人生而自由，却无往不在枷锁之中。

　　生活，生活，生很容易，活很容易，生活真不容易。这个真不容易，来自于我们不知道该怎样生活。

　　应该还是自己想多了吧，任何生活不都是生活的一种？不都可以过得云淡风轻、吃得风卷残云、躺得自在沉静？

　　我再一次回味起了台湾著名散文家林清玄的话：今天扫完今天的落叶，明天的树叶不在今天落下来，不要为明天烦恼，要努力活在今天这一刻——所谓的活在当下。

　　我朋友却问我：老杨，你告诉我，什么叫活在当下？

　　这只能用宋代慧开禅师的话来回答了："春有百花秋有月，夏有凉风冬有雪，若无闲事挂心头，便是人间好时节。"

　　窗外，不知什么时候又下起了雨，滴滴答答，鸟儿在瓢泼大雨的突然坠落中尖叫一声，扑腾一下飞了，不知道飞向哪里，不知它在这密集的雨丝中能飞多远。它能找到自己的归宿吗？

　　雨滴滴答答地下着。我也马上可以在这雨丝中走出家门，寻找那熟悉而又陌生的风景了。想到这，我的心里，一阵松一阵紧。

梦中的父亲

父亲节的晚上,我没有梦到父亲。

我以为,我会梦到他的,我是多么地想梦到他啊!

就在睡觉前的那一刻,当我闭上眼的那一瞬,我的眼前,依稀还闪过父亲微笑着而又充满慈祥的脸庞。

我多么想在梦中见到我的父亲啊,我操劳了一生的父亲。

但是,父亲离开我太长太久了,长得久得已在我的梦中都不再出现。

或许父亲知道,我到他的墓前都会伤心欲绝,他不想让我再伤心了,不想再影响我。他想让我好好地睡一觉,他知道,他的儿子也年近六十了,在上海打拼了整整四十年,到了该过个安静日子、睡个安心觉的时候。

父亲,是舍不得我了。

但是父亲,梦到你、被你抱在怀里,或即使是你搂一下我的头,又或者我仅仅靠着你坐着,给你倒杯茶、夹个菜,叫声"爸爸"，我都会重新成为孩子，我都可以任性一点，找回我儿时的幸福。

父亲，你一直就是这样不喜欢打扰别人的人，即使是你的儿子。

如山般的父爱啊！以前，在我的生活；现在，在我的心里。

父亲是 2004 年 9 月 25 日走的。那天早上，当我坐了一夜的火车赶到南京，在医院见到了父亲。在医院住了半年之久的父亲一手抓着挂水的瓶，一手正在整理他的东西。父亲见到我，就兴奋地说："小玉到啦。"然后自言自语道："我就说嘛，病房里的人一个个进来出去的，怎么就我一个人出不了院，今天终于轮到我出院了。"看到父亲开心的样子，我实在不忍心告诉他是医生放弃对他的治疗了，只能忍着泪，马上放下行李，说："爸爸你躺着吧，我来帮你弄。"父亲说："不用，你累了，歇着吧，我没问题。"一边说一边继续收拾。

在狭小的病房里，我只能坐在旁边，时不时地和父亲聊着，心里却侥幸地想，已病入膏肓、一直出不了院的父亲，回家是不是真的可以慢慢好起来？一定会慢慢好起来的吧。

哪知，吸着氧、坐在 120 救护车兴冲冲地想回家的父亲，刚走上出南京的高速公路，就在我的怀里，走完了他人世的路。

父亲，这个时候，你是不是也梦到你的爸爸妈妈了？你是不是也成为了孩子？

辛劳了一生的父亲啊，你就像孩子一般地睡去吧。这样，你可以告别痛苦，你可以回到你快乐的童年。

虽然，你出生在兵荒马乱的战争年代，但我相信，你是有幸福的童年的,即使只有几天,即便只有一瞬。

谁不曾有过幸福的童年啊!

但父亲,我知道,你的人生经历更多的是苦难。只是那时,我小,体会不到,我看到的总是您乐观而又略带忧虑的面庞。

几十年过去了,有几件事,岁月怎么也抹不去我心中的记忆。

大约八九岁吧,我刚读书不久,时光还在"文革"中飘忽,社会还在崇拜着白卷的英雄,你却天天盯着我们读书。有天晚上,我和哥哥刚吃过晚饭,又被你催着学习。我俩照例装模作样地点上昏暗的煤油灯,在床边的一张小桌子上对坐着准备看书。看到我们认真的样子,你开心地叮嘱两声,就带上门和爷爷奶奶聊天去了。

你一走出去,哥哥立马把藏在书下面的扑克牌拿了出来,我们两个人就开始打牌。打得正开心,谁知你突然推门走了进来,看到我们没有看书而是在玩,你非常地生气,这也是我记忆中你唯一一次对我们这么生气。

你叫我们立即把牌拿出来,交到你的手上,然后一转身,就丢进灶膛里烧掉了。看到这么来之不易的一副新牌就这么没了,我心里的那个难过,至今记忆犹新。我想,爸爸你把牌收掉就可以,何必要烧了呢?

爷爷奶奶听到你这么大的声音,马上过来了,然后心疼地劝解你说,小孩子玩就玩呗,反正也没书可读。听到这话,你才悻悻然走了。

秋天到了,又到了"搭浪渣"(即捞芦苇叶)的时候。这时我总是很兴奋,就希望你们早点去捞。有一次,你和我说,小玉,走,带你玩去。小孩子听到玩是比什么都积极的,就好奇地问去哪儿玩。你说去"搭浪渣"。我也不知道这是什么意思,反正有得玩就好。

上了船,你和爷爷一人在船头,一人在船尾,用竹篙撑着类似李清照诗里说的、家乡特有的一种"舴艋舟",二人一用力,小舟便如离弦之箭飞了出去。坐在船中间,我就问:爸爸,我们到哪里去"搭浪渣"?长荡湖,爸爸说。"搭浪渣"做什么?我又问。当柴烧,爸爸说。

这时我才知道,那时没有钱,乡下人要把土房改成瓦房,便用秋收上来的稻草换砖砌砖瓦房,稻草换掉了,冬天就没了烧火煮饭的东西,这芦苇叶就是冬天的柴火。

一个多小时后,我们的小船来到了长荡湖。铅灰的芦花下,是芦苇发黄的叶子,秋风一吹,这些叶子都纷纷掉到了湖里,我们就绕着芦苇,一边划一边捞,很快就捞了满满的一船。看着这累累成果,我又兴奋又满足,用现在的词说,就是太有成就感。

爸爸说,可以了,我们回家去。这时我突然发现,我们的小船已不知转到了哪里,我们迷路了。爸爸却淡定地说,小玉你坐稳了,然后和爷爷一起,三下两下就划出了芦苇荡,沿着大运河朝家里划去。

悬着的心放下了,我骄傲地想:爸爸真厉害。

改革开放以后,商品经济的大潮不断冲击着中国大地,急于改变家庭经济状况的母亲,便想开个幼儿园,发挥她擅长幼儿教育的特长，创个业赚点钱。父亲听闻，坚决反对。无论母亲给父亲做着怎样的"可行性分析"，父亲就是不同意。这下母亲来了气，对父亲说，"文革"把你的胆子弄得比米粒还小了！只听父亲轻轻地说，家里总共只有几千块钱，你开办费就要一万多，小孩子都在读书，哪来钱开销？

父母的话当时并不怎么懂，直到自己成了家生了娃，才知道一家子柴米油盐的难。

20世纪90年代以后，自己在市场经济的发展浪潮中逐渐改善了生活，便希望父亲经常过来住住，享受享受儿孙绕膝的天伦之乐。闲不住的父亲不愿意，就一直在老家待着，直到有一天，父亲突然发病。

父亲走了，唱着他最喜欢的"走四方"走了，不回来了，哪怕是回到我的梦里。

"走四方，路迢迢水长长，迷迷茫茫一村又一庄。看斜阳，落下去又回来，地不老天不荒岁月长又长……"

留校的岁月

快大学毕业了,那是在 20 世纪 80 年代中期。是时,改革开放快八年了,经济体制已经从社会主义计划经济转向社会主义有计划的商品经济,市场开始逐渐地发挥作用,万元户开始出现。但大学毕业却依然是计划体制,由国家包分配,自己没有选择的自由,也不用为毕业了没工作操心。

那时,我好像没心没肺似的,从来没过问也不关心毕业后工作的事,就像和自己没关系一样。心想反正有国家在呢,也操不了啥心啊!看这洒脱劲。这风格,和走上社会后凡事都特注意把控、注重战略性安排的我,颇有点不搭,完全是两个人的模样。

毕业近在眼前了。一天下午两点,从来不找我的班主任何老师忽然通知我到他的办公室,告诉我一个之前已在同学中流传、而我不甚相信故也没在意的消息:杨玉成,系里决定你留校任教,担任课程教师。

真的要留校任教?我的成绩一直在十名左右,并不算是个出色的学生啊。

尤其我有自知之明的是，虽然出身也算"书香门第"，但经历"文革"的我，那时只是学习成绩比较好，其实自己并没有读多少书，和做老师的要求差距太大，老师也从来不是我想要的职业选择。

记得当年高考分数出来，要填志愿了，我毫不犹豫地填了南京大学历史系考古专业。我的历史学习太好了，而我也是发自内心地喜欢历史，喜欢考古专业。我想象着考古是多么刺激、多么有文化的一件事。作为一个考古队员，可以经常看到各种稀奇古怪的物件，可以走进看似平常却可能蕴藏了各种珍稀宝藏的山间田野，可以第一时间看到观众只能在博物馆看到的镇馆之宝！年纪大了以后，我可以钻进一方书斋，继续沐浴在历史的海洋中，直至自己成为历史。这是多么有文化的一件事，何况考古还可以更好地传承文化。想到这，我对我的未来信心满怀。

谁知，在江苏这样一个高考严重内卷的省份，总分已达分数线的我，没想到考古专业就像如今的国考一样，是如此之热！我居然就此失之交臂，只能落到二档志愿。

那时的文科专业相当之少。在那个讲究家庭成分的时代，虽然改革开放后稍稍有点宽松了，我却因家庭成分问题，根本不敢报军校、法律等专业，剩下能够选择的就只有师范和财经两类。师范都被我 pass 了，第二类五个志愿因此塞满了财经院校。

就这样，我来到了上海财经学院（现上海财经大学），专业也从我填报的财政和工业经济，调剂到了基建财务和信用（现投资经济）这个计划经济色彩异常浓郁的专业。

四年大学很快过去，二十二岁的我只想快点出来工作，能够帮父母减轻一点生活压力，因此也没有准备考研。我等待着，等待着分配到广阔天地大有作为的社会，我能如《青春万岁》中的大学生般喊着，"所有的日子、所有的日子都来吧，让我编织你们，用青春的金线和幸福的璎珞，编织你们"，英姿飒爽地走上工作岗位。

没想到，充满期待的我，得到的竟然真是何老师的这样一个通知。

我立即诚惶诚恐地说道：何老师，我不想做老师。这时，心跳已到170。

当过老知青，毕业于同济大学，天生儒雅、不善言辞的何老师问：为什么？

听到"为什么"，从大二起就意识到作为社会科学类学生一定要练好口才，并且花了很大功夫练了口才的我，滔滔不绝地讲了起来。我从填报志愿时的想法开始，讲到我怎么不喜欢做老师、自己怎么不适合做老师，以及我的人生抱负等。我不停地讲着，水没喝一口（其实面前也没水），始终精神抖擞、慷慨激昂地讲着。我想这是我的人生大事，绝对马虎不得，我必须要把问题讲清楚，让学校改变这一主观的决定。

坐在我对面的何老师，始终面带微笑地听我讲着，不说一句话，不打断我一个字，直到我口干舌燥地讲了一个小时，再也讲不出什么有说服力的话时，何老师如一盆冷水浇下似的直截了当说了我永远忘不了的七个字：你的理由不充分。

面对这一不能改变的决定，我的心里犹如长江被截断了前途！

就这样，我成了至今被很多各种层级的人称为"杨老师"的人。

难道真的有命？小时候，村上经常有算命先生光顾，有时我有点好奇，这些人怎么会算得出别人的命，心里想父母是否会让他们给我们算算，却从来没见父母开过这个口。突然有一天，一个算命先生路过我家门口，母亲立即请他给我们三个兄弟算命。拿过生辰八字，算命先生念经似的念念有词，高兴地对我母亲说，你三个儿子都要读大学的。母亲一听，满脸激动的神情如春天绽放的花朵。

这么多年过去，母亲老人家也已离开尘世，但她当年激动的表情却历历在目。母亲激动的表情之下，没有问我们怎么会考上大学（那时因家庭成分问题，我们兄弟是不能参加高考的），而是问：他们以后会从事什么工作？算命先生说了我哥要从事技术类工作之后，就说，老二是要坐办公室的。母亲又问，坐办公室是什么意思？算命先生说就是做做老师、做做会计之类。

若干年之后，犹记得小时候一脸好奇的我，居然真的成为了一位老师，而且还是大学老师，教的科目是：会计。老师、会计！好吧，这命，我认了！没承想，这老师一做就是九年。九年中，我努力地让自己成为一个像老师的老师。回顾这九年，我也算是践行了韩愈老夫子说的：是故无贵无贱，无长无少，道之所存，师之所存也。

近九年的老师生涯，也让我在桃李芬芳的同时，塑造了我一生的人格："好"为人师，"善"为人师。

移民的往事

2001年7月28日,我们一家三口终于登上飞机,目的地:加拿大温哥华。

移民签证通过已经很久了。出发这天,离移民有效日到期已经很近。

1999年国庆节,我们正在泰国旅游。看着满街满店满景熙来攘往的各国人群,我和谢红商量说,虽然国内面临很多问题(20世纪90年代是各种事情特别多的一段时间:1997年亚洲金融危机,1998年国内百年不遇的大洪水,1999年南斯拉夫大使馆被炸等,都对方方面面影响巨大),但国家改革开放的趋势不可能变。在中国全面国际化的大背景下,我们一家都没有国际化的经历,很难应对未来的发展要求。必须想办法出去,拓展下自身的国际视野。

但那时,我们都已三十多岁,再去留学似乎已不可能。当时国家也没有这么开放,身边出国的人很少,国外认识的朋友主要是老乡，联系起来很不方便，不像现在，一个微信电话，地球的任何一个角落都秒通。想来想去，达成共识：移民加拿大，如有可能想办法去美国。

是年，加拿大已连续六年被联合国教科文组织评选为人类最适宜居住的国家。看着国内亟待振兴的经济社会局面，心中想着生活多么美好的加拿大。

由于我们比较过硬的自身条件，移民申请很快获批了。但我们却并没有马上去，总觉得心里还是有点没底。其中的关键，是能否实现我们国际化的诉求。

毕竟，要把眼前的都放下，机会成本还是挺高的。三十六岁的我，已在一家著名上市公司担任高管，谢红则刚去中金公司工作。

这事就这么拖着。

快到期了，不能再拖了。权衡再三，还是决定去。世界那么大，应该去看看。看看这个人类最适宜居住的国家，长得到底啥个模样。

飞机降落温哥华。走到出口处，移民局的官员已等候在那里，并安排了专用通道给我们办理入境的一应事宜。这服务，没说的。瞬息之间，忐忑之心转化成了温暖之意。

出关后，我们来到谢红通过 BNB（在那互联网刚刚出现的时候，她能找到这样的网站预订酒店，我觉得挺不可思议）预订的大不列颠哥伦比亚大学校区的民宿。这是一位在大学任教的日本老太太的家，80 美元一天，提供早餐：每人一个鸡蛋，一杯橙汁，面包若干。家里，只有瘦瘦小小的日裔老太太一个人，她从来不和我们说话，每天都准时把早餐端到桌上。等我们出来时，她一般都不见了，可能上课去了。

第一次这么吃着早餐，心里立马有了一点国际化的感觉。尤其是面包，一片片仔细地放在一个小竹篮里，显得特别的精致。那蒜的香味、金黄的色、脆脆的边、糯糯的面，至今记忆犹新。

小小的房间里，除了一台一直闪着白花的 12 吋黑白电视机，什么都没有。三个人一人拖着一件行李进了房间，便连转身都显得困难。儿子倒挺兴奋，可能是到了国外有地方住了。房间里，只能放一张并不宽敞的床，必须有个人睡地板，儿子便主动要求睡地板。这倒让我想起了自己小时候，就希望客人春节来拜年，这样我就可以和哥哥以及表兄表弟一起睡地上。

安顿下来，稍事休息，我们便按商量好的去找旅行社。我们想通过旅游的方式去了解这个国家，看看值不值得留下，留下来能不能够让我们国际化。

旅行社很快找好了。第二天一大早，陈导过来接我们去玩。

陈导是香港人。回归前夕，很多香港人对回归大陆心存恐惧，便纷纷移民，或把小孩送到了加拿大（俗称"逃 97"）。温哥华有一个类似浦东新区这样的区——Richmond，就是因此发展起来的。在这个区，有着华人社会典型的生活方式：热闹。走在街上，老远就可以听到华人社会特有的大呼小叫。餐厅里，更是像个大排档一样，抽烟的，喝酒的，划拳的，一簇一簇眉飞色舞。马路上，车辆一辆接一辆地飞驰而过，没有一辆车会让行人，完全就是和当时国内一样。

在这个区，有一点和其他区不同。因为卖给移民的地价较贵，所以虽然同属温哥华，却不用交 14% 的消费税。这让我有赚到了的感觉。

到了温哥华以后，我们吃的第一顿饭是三文鱼。加拿大的三文鱼太有名了，在上海吃起来很贵。到了加拿大，便想着吃原汁原味的三文鱼。那天，我们慕名来到海边专门吃海鲜的 FRESHFISH。进门时，好多老外正坐在高脚凳子上，围着高高的西餐桌喝着啤酒。时不时地，他们喝口酒，拿起面前小竹篮里的面包，随意嚼着。

我们坐下来后，每人点了一份 17 加元的套餐，狼吞虎咽地很快吃了下去。我们吃得快是一方面，确实来说，一份套餐也没多少东西。于是，我们又给儿子点了一份。慢慢地等着，慢慢地吃着，就见老外一直面包啤酒、啤酒面包。我想老外怎么不点东西。后来导游告诉我，老外的收入都并不高，他们不一定消费得起。这让我有点不明所以。

陈导带我们去的第一站，是 Stanley Park。蔚蓝的太平洋边，非常大的 Stanley Park，犹如气质高雅的婷婷女子，安静地闲坐那里，无与伦比；那一棵棵树木，高矮胖瘦，好生别致；那沟壑，被各种植被覆盖着，深不见底；那栈桥，就像秋千一般，躺在山谷之上，微微摇曳。太平洋的波浪声，一阵阵传来，天人合一。

就在我们欣赏之余，陈导忽然对我们说，如果你们的外语不是特别好，千万不要留在这里。

陈导主动的话语，瞬间拉近了我们的距离。我便和他聊了起来。

陈导说，在加拿大，像他这样香港过来的年轻人很多。来了以后其他都不会，只能做导游，主要接待香港台湾等地过来的游客（那时大陆还没有多少人出国游）。加拿大气候寒冷，一年只能做九个月，收入极为捉襟见肘。去年，他刚刚加入了Candaian Tire 工作，月薪2000加币（那时与人民币汇率1∶5，美元1∶8），要养房养车根本不够，还好以前是做旅游的，这行熟悉，周末就再出来打个零工，赚点小费贴补家用。

这能赚几个钱啊？我们一车共五个游客，每人4美元小费一天，从早上5点到晚上10点，收入仅20美元。

在国内收入已不低的我们，心里不禁有点唏嘘。

我便好心地说道，那你可以回去啊，你看香港回归后不是挺好的吗？

陈导叹息了一声，轻轻地说：我已经回不去了。

回不去了？！为什么回不去？这是什么意思？如果真是这样，这是多么悲惨的现实。

澄澈的天空下，太平洋的风轻轻吹来。公园里，高大的乔木微微荡着，海浪沙沙的拍岸声柔柔传来。我不知所措地微笑着，看着英俊的陈导，想着自己的未来。

维多利亚港、宝翠花园、渔人码头……一个个景点走过，一个个问题出现在心头。

一周后，是落基山脉之旅。这是一条从温哥华到大庆友好城市、石油城市卡尔加里（Calgary），然后经哥伦比亚大冰原、丹佛小镇，再回到温哥华的线路，总旅程十天。

高中时，地理课上学了很多落基山脉的知识，但从未想过能直接到落基山脉走一走，心里不禁好奇。

这一次是张导。同样来自香港，声音磁性，身高一米九，略显瘦小的帅小伙。

出发不久，张导在介绍行程之余，便开始介绍加拿大的福利。张导说，在加拿大买房只需要首付3%，97%都可以贷款，利率大约在2%左右（当时国内利率超过10%）。他和女友的收入都不高，在糊口、养车之余，还贷的压力非常大，因此只能买很小的一个房子。

陈导、张导的介绍，让我顿生疑虑：不是说加拿大是最适宜人类居住的地方吗？如果老百姓都处于这样民不聊生的状况，那还适宜居住？

我就问张导，不是说加拿大的福利很好吗？你可以享受他们的福利啊！

谁知，张导立即有点无奈地说：我要到七十岁才能享受得到每月600加元的福利（养老金），那要几十年以后了。

一路上，就这样走着、看着，看着、聊着，这让我知道了很多之前不知道的真实信息。这些信息，反应的是这个社会真实面貌的一部分。

尤其是我知道了加拿大这么一个赫赫有名的发达国家，其实只是一个以能源和农林牧渔为主的富裕国家。丰富的资源，让人口三千多万的加拿大，人均GDP达到5万加元。确实是富。但第二产业占GDP的比重却不到30%，国内几乎没有什么大型制造业。红极一时的NORTEL（北电网络），也刚刚在互联网泡沫的破灭中倒闭了。像国内现在一样，金融业倒是满街都是，只是网点内几乎看不到一个客人，冷冷清清的。那时基本都是临柜业务，线上业务还没有发展起来。

走走逛逛聊聊想想之后，我深深感到，这样的一个国家，我们是不该留下来的。我们不是来居住的，我们是来国际化的。蓝天白云，我们也有；基础设施，我们会好；人文环境，我们有底蕴；科学发展，我们在路上。

我们不是来享受的。我们追求的是更广阔的发展空间，我们希望的是更美好的自我实现。

加拿大意思不大，经了解，移民也去不了美国。于是，果断决定：回国。

就像小时候奶奶一直和我们说的那样：金窝银窝不如自己的草窝。

年底，我们登上了回国的航班，投入到了中国加入世贸（WTO）以后火热的生活。

这一决定，也让我们一家人，开创了不一样的人生。

电视剧《潜伏》里，余则成向吴站长报到时，吴站长叹了口气说：时间如野驴一般，跑起来便停不下来。我们从加拿大回来，也二十一年过去了，却从来没有再去过。真想去看看，看看美丽的温哥华，看看老太太的家。当然，一定要跑个温哥华的马。

好在，梦想就在眼前了。

志物文学系列

俞敏洪的"红"

俞敏洪又红了。

这一次,是因为东方甄选。

东方甄选,俞敏洪2021年底的作品。

教培行业"双减"了,自1993年起奋斗了近三十年的新东方,这个市值三百多亿美元的社会化教育机构,一下子如海啸来临,人还没有回过神来,瞬息间就被淹没在了冰面之下。数千教室关闭,七万员工被裁,几十万正在学习的学生被迫停学。随后,俞敏洪把八万套课桌课椅捐给了贫困山区的乡村中学,把新东方多年积攒下来的钱掏出200亿用于退费,以及遣散跟随了新东方多年的老师。

新东方有这么多积蓄的原因,是2003年非典疫情时,公司账上没钱的俞敏洪,个人向朋友借了2000万支付给要求退费的学生,才度过了危机。

从此,新东方立下规矩:公司账上的钱必须留足学生可能的

志物文学系列 173

退费、老师的工资,以及必须支付的各种税费,直至公司倒闭。

二十年过去,面对市值跌了百分之 90% 多的新东方,和五万个依然不离不弃的老师,老师背后的生计,需要解决的家庭,俞敏洪沉默了。

俞敏洪无奈地说,政策我们赞同,但如果提前商量一下,或许有更好的解决办法。

曾经走在崩溃边缘的俞敏洪,又一次走到了崩溃的边缘。

他失眠了,整夜地失眠。

但不忍看到老师就此失业的俞敏洪,抱定只要精神不垮,一切就还有希望。一直强调人要有"忍受孤独、失败和屈辱三种能力"的俞敏洪,想到了做农业。他仿佛听到了田野的呼唤,那是来自故乡和童年的声音。他说,我是从农村出来的,对农村有很深的感情,这个时候如果我们能够做点对农民有利的事,也是对社会做了自己的贡献。

毫无疑问地,这一提议遭到了经常讨论"黑格尔和尼采是怎么回事"的董事会的一致反对。

董事会的理由很充分,你是从农村出来的,但你不懂农业啊,你看谁能够把农产品通过直播做成功。

作为创始人却曾被董事会罢免董事资格、后又被请回来担任董事长(和乔布斯一样)、强调民主的俞敏洪,这次不再民主。他行使一票否决权,强行通过了转型农产品直播的议案。

于是,有了东方甄选。

东方甄选马上聘任年仅三十六岁的孙东旭担任 CEO,并在不肯离开的老师中,排排座地公开招聘直播主持。他们太需要马上把事情做起来了,但老师们只会叫外卖而不会做直播啊!

终于,公司从几千个应聘的老师中,根据口才、形象、技能、亲和力、个人性格特征等维度,选出了第一批二十个人的直播团队。其中,包括董宇辉,这个年仅二十九岁,来自西安农村,自称脸长得像兵马俑的高中英语老师。

"双减"的那天晚上,董宇辉通宵围着北大转了几十圈,一边哭一边转。他不明白为什么突然会这样,他舍不得离开他热爱的教育圈。

就像美国小说家卡佛说的那样:人生不是什么冒险,而是一股莫之能御的洪流。当上帝关上了做老师的门,却由于东方甄选的突然而至,董宇辉们坐上了直播的台。

一切是那么的艰难。从来没有直播经验的这些老师们,任嗓子喊裂,就是没人下单。连俞敏洪自己亲自直播,也仅有抱着好奇心而来的老师学生一百多万的流水。

董宇辉无法面对眼前的事实,他决定辞职,回老家去。但最终,太深太浓的新东方情结,让他留下了。

直至6月,董宇辉出圈。

有个顾客说,我在东方甄选直播间迷失了,我中了董宇辉的毒。卖个鲥鱼,董宇辉说:张爱玲说过,人生有三恨,一恨海棠无香,二恨鲥鱼有刺,三恨红楼未完。他说鲥鱼是最优雅最浪漫的鱼,它被网抓的时候不肯逃跑,害怕自己的鳞片会掉,所以坦然接受被抓的命运。就这样,我被这个鱼种草了,马上下单买了整整一箱。

在鲥鱼的跳动下,香港上市的新东方在线的股价也腾飞而起,从最低 2.84 港元,涨到了现如今的 73.7 港元,短短六个月,股价整整涨了 26 倍,最新市值 742 亿港币。

新东方 1993 年 11 月 16 日创办于北京中关村二小一间仅有 10 平方米的教室,首批学员十三人。为了招到这十三个学生,俞敏洪早上起来后的第一件事,就是拎着浆糊桶在电线杆上贴小广告,往往小广告还没贴上去,浆糊就已冻结成冰。在这冰天雪地的世界,俞敏洪只能一遍一遍地捣着浆糊,一遍一遍地贴上小广告,虽然明知没有几个人会来读书。那时,邓小平南巡讲话刚刚结束不久,大家生活都还没有理顺,谁会想到读外语出国啊。

但俞敏洪也没办法,他的大学太牛了,中国第一高校啊,他的很多同学都出国了。没有比较就没有伤害。面对这样的情况,因考俞敏洪英语单词认识并结婚的太太这个急呀,便逼着俞敏洪出国,她说"如果你走不出国门,就永远别进家门"。"河东狮吼"中,1978 年首次高考英语成绩 33 分、1979 年高考英语 55 分的俞敏洪,1988 年托福考了 663 分。但即便如此,美国居然没有一所大学(2002 年数据,美国有 1400 多所四年制大学)录取他。俞敏洪自嘲地说,连太平洋岛上的夏威夷大学都不要他。俞敏洪就只能在北大待着。

在很多人看来,能在北大做老师那是多牛的事啊。他很容易地让我们想到蔡元培、刘半农、陈独秀、胡适等。哇塞,人可齐天哪。

但俞敏洪不这么想。抱着"一个人唯一不应该有的主动，是主动回避生活的精彩"的俞敏洪，对于一眼望得到头、掂量自己又成不了一线教授的俞敏洪，在这样看不到的未来面前，决定掷硬币决定去留，正面，留下，反面，离开。结果是反面，随后他提交了辞职报告。

一个已在北京大学担任了六年教职、已是讲师的俞敏洪，贴起了小广告。

好在俞敏洪是有商业头脑的人，这是江阴这个地方人的特点。我很小的时候，常听老人们说一句话：江阴强盗无锡贼。那时我很迷惑，都是江南地区的人，他们为什么这么坏？20世纪90年代以后才知，江阴无锡的人不仅仅会读书，做生意也做得特别好。这方面，最典型的当然是荣毅仁家族。江阴历史上是江南贡院（科举考试）所在地，人文气息十分浓厚。改革开放以后，经济上长期占据全国百强县数一数二的位置，一个县级市，上市公司数量达到五十多家之巨，超过了中西部很多省份。

更重要的是，俞敏洪懂得市场经济的内在规律。

有一件小事很能说明问题。

俞敏洪的创始人搭档、电影《中国合伙人》原型之一、现真格基金创始人徐小平，当年在北大教西方音乐史。这是一门选修课，俞敏洪却很喜欢。有一天晚上，俞敏洪慕名去徐小平家拜访。这天，喜欢拉场子的徐小平正在和几个老师聊天，陌生的俞敏洪怯生生地找了个角落坐下来后，便主动给他们煮水。就这样煮了四个星期。第五个星期，俞敏洪不去了。他知道这时，不是他离不开徐小平而是徐小平离不开他了。果然,过了两天徐小平电话来了。

俞敏洪成功地在徐小平面前把自己从卖方变成了买方。

市场经济里,只有两方:买方和卖方。如果一个人总是处于卖方,他一定很辛苦。所以,我经常说,市场经济里每一个人都处在卖方地位,但我们要努力地把自己从卖方变成买方。

无路可退的俞敏洪,首先做的工作,是确立了一条完全与众不同的校训:在绝望中寻找希望。

这既是对学生说的,更是对自己说的。

因为,无路可退。

人生在世,谁不是在黑暗的隧道中跋涉前行,走向光明。

这个世界上,任何人都不能把你开除,能开除你的,只有你自己。

于是,俞敏洪生病了,要上课;女儿出生时,在上课;教室里突然断电了,点上蜡烛继续上课……

他牢牢记着著名教育家陶行知的话:人为一件大事而来。

这件大事,俞敏洪设定的最低标准是:做对自己有利、对别人没有伤害的事情;最高标准是:做即使对自己不利、也要对别人有利的事情。

为此,作为教育行业最重要的一个环节,俞敏洪对新东方老师们提出了这样的要求:如果我们不能做个好老师,就是犯罪。因为我们不仅牺牲了学生的时间,还牺牲了学生的未来,不仅牺牲了学生的金钱,还牺牲了学生家庭的幸福!

新东方给学生赠送的笔记本上,写着这样的话:世界上的一切都会成为过眼烟云。我们唯一能够珍藏心中的,是我们在今天的学习中所能得到的精神启示,是在枯燥的字母背后所得到的一种自我肯定。

这句话,新东方的学生读进去了,新东方的老师也读进去了。

在俞敏洪的要求下,新东方的老师们自觉地朝以下方面努力着:1.拥有完整的知识结构和深厚的人文素养;2.熟练地掌握课程专业知识;3.充满人性光辉,且真诚诚恳;4.个性热情洋溢,对学生有感染力;5.口才幽默生动,表达流畅自然。

这也太难了。但新东方的老师们做到了。于是,每年有一百多万男女老少的学生,走进新东方的大门。

有这么个事例很能说明问题。

新东方有个学生考上了美国杜克大学,按老师的要求写了一篇文章。老师从教二十多年从来没有看到过这么好的文章,便把学生叫到办公室。学生说,我是新东方上的外语,我会背一百多篇英文美文。老师说,那你背背看。学生就背了起来,背着背着,老外老师突然哭了,他太感动了。

俞敏洪在他的书里(为了写这篇文章,我把俞敏洪所有的书都看了两遍,还看了有关他的报道),讲了很多这样的学生的故事。

听着这样的故事,我特希望新东方能在线下开课,我要成为新东方的学生。

俞敏洪说,教育不是注满一桶水,而是点燃一把火。他做到了。

就如董宇辉卖玉米。董宇辉说，50 块钱买八根玉米，价格贵不完美。但何必追求完美呢？……以后你会发现，哪怕只是这一单单的玉米，你就能帮助农民、帮助快递小哥等一系列产业链上的人赚到钱，他们的孩子就有学可上，成为你我一样的人。这，便是人生的意义。

听了这样的直播，还有啥好说的，掏钱呗。

这真是如张爱玲所说，就好比于千万人之中，遇到你要遇见的人；千万年之后，在时间无涯的荒野里，没有早一步，也没有迟一步。

You are my destiny. 你是我的命中注定。

这或许就是俞敏洪说的，人要有"三识"：知识、见识、胆识。

"三识"皆备的俞敏洪，以"善"为信念，以学生"要我学"到"我要学"为目标，以批判和包容的文化为先导，抱着绝不回头的韧劲，于 2006 年 9 月 7 日，把新东方带到了纽约证券交易所上市；新东方的线上业务，新东方在线，在香港上市。

中概股私有化回国很热的时候，俞敏洪说，好公司在哪里都值钱，为什么要私有化？2008 年全球金融危机，新东方是最抗跌的十个股票之一。

俞敏洪说，生命就是给人一种美好，一种信心。

"双减"的那天晚上，俞敏洪在暴风雨中拼命跑着，任由如注的大雨，浇灌进他的身体，任由狂风，吹拂进他的耳际。他一边大哭，一边大笑，一边狂吼，一边怒号。他拼命跑着，直到暴风雨戛然而止，俞敏洪也复归于平静。

平静后的俞敏洪,很严肃地对一起奋斗了多年的年轻的团队成员们说,也许这是老天在给我们另外一次创更大的业绩、取得更多辉煌的机会。我们要借着这次转型,做一些心里一直惦记、却没有时间没有机会去做的事业。

当董宇辉在想"公司是不是不好意思让我走"的时候,年仅三十六岁的孙东旭对他说:当你不知道自己有什么用时,你要做的就是彼此相信、彼此依靠、彼此取暖,直到找到出路。

2022年6月8日,首创中英文双语直播的东方甄选,粉丝突破100万,三天后,突破1000万。

孙东旭说,反正转行了,那就干一件海阔天空的事儿。

一直牢记小时候母亲说"我们乡下人太苦了,你以后就做个先生吧"的俞敏洪,红了。

他红在了红土地。

刀郎的挣扎

傍晚，我随意地翻看着百度推送，忽然，刀郎的新作《我的星座》跳了出来：

因为终将离开这个世界终将离开你，
我仰望星空找寻来时的那颗星，
以我现世的命运，
它逃不了太阳的领域，
所以怕过于用力的临终
错过了光阴，
……

在冬至已然漆黑的傍晚，我看着窗外，听着这似乎平静却是在心底挣扎的声音，玻璃上，我的影子在里边飘忽，我朝他看去，那似乎是我，似乎又不是我。轻叹一声，默默地，我退出了这挣扎着的声音。

每一次听刀郎的歌,我都会这样挣扎着。挣扎着,是听?还是不听?

这样的挣扎,总是让我疑惑:是我挣扎?还是刀郎挣扎?抑或是,刀郎的挣扎让我挣扎?

更或是,刀郎让我知道了自己的挣扎?

可能,刀郎不是一个人,不是一首歌,而是一个现象,一个挣扎着的社会的现象。

正因为此,说到新疆,除了辽阔大地,云天美景,高山大漠,一定会想到那个人——刀郎。

一个始终不能遗忘的存在,即使在他曾经消失的那些年里。

二十年了。

从"2002年的第一场雪"开始。

那一年,乌鲁木齐有没有下雪已不再重要,重要的是,"停靠在八楼的2路汽车,带走了最后一片飘落的黄叶"已深埋心底。

那一年,听着这句歌词,我脑洞大开地问:2路汽车为什么会停靠在八楼而不是一楼?

莞尔一笑之后才知,八楼仅仅是个站名而已。那时,刀郎可能想起了他的妻子,他初恋的妻子,那样决绝地离开他的日子。

多好的男子啊,为什么要选择这样的方式离开他?除了他个子矮点。

但是嗓音好听啊。

看来这女孩子不喜欢听歌,或者不喜欢听刀郎的歌,更或者她没有想到刀郎会成为火遍大江南北的歌手。

刀郎本名罗林，1971年出生于四川省内江市资中县重龙镇，从小就是一个有主见的孩子。尤其是他的哥哥谈了女朋友时，刀郎居然认为这个女孩子不适合他哥哥，然后把他的想法如实告诉了父母。父母听后，就不希望儿子谈下去。没承想，陷入初恋的人都是冲动的。一气之下，哥哥离家出走了。悲哀的是，不到一周时间，情绪中的哥哥竟然因车祸离开了人世！

悲痛的刀郎认为这都是他造成的，书也不读了，留下一张字条："我走了，去追寻我的音乐梦想去了，你们都别找。"毅然决然地离开家乡，走了。

那一年，刀郎十七岁，正在高中即将毕业的年纪。

2011年，刀郎举办"2011——刀郎谢谢你全国巡回演唱会"，来到上海，在八万人体育场演唱时，他流着眼泪说出了这段故事，然后当场唱了他专门为哥哥写的歌，《流浪生存的小孩》：

> 或者有一天你突然发现，
> 我已经离开了家甚至来不及留下一些，
> 简短告别的话，
> 或许你会流泪悲伤，
> 怪我如此的无情，
> ……

听着歌，现场的八万观众，无论男女老幼，都一边举着手，一边任眼泪哗哗地流。

一个人需要多大的勇气，要摆脱多少的心结，要解脱内心多久的挣扎，才能直面这样的过去!

> 那一夜我喝醉了拉着你的手，
> 胡乱地说话，
> 只顾着自己心中压抑的想法，
> 狂乱的表达，
> ……
>
> ——《冲动的惩罚》

这时，也只能在这样的自我迷醉中，才能有所解脱了吧。

这是多么真诚的话语，多么真诚的情感，多么真诚的一个人啊。

正因为如此，有人评论说：刀郎的确是一位光凭唱法就能打动人的歌手，他的音乐太勾人了。

勾人，二个字用得多好。人容易被勾吗？不会。只有唱出了人心里的想法，人才愿意被勾。姜太公钓鱼，愿者上钩嘛。

刀郎面前，愿意"上钩"的听众太多了。一唱而红的《2002年的第一场雪》，正版近百万张，盗版过千万。

谁能不被刀郎打动呢？听着这样的歌曲，被一个高中没毕业、默默探索、吃尽苦头、以一顶鸭舌帽示身的纯真中年男子打动：

> 远方的人请问你来自哪里？
> 你可曾听说过阿瓦尔古丽？
> 她带着我的心，穿越了戈壁，
> 多年以前丢失在遥远的伊犁，
> ……
>
> ——《新阿瓦尔古丽》

刀郎来到新疆纯属偶然。

自从他离开家乡以后，刀郎四处流浪。他站过柜台，端过盘子，驻唱过酒吧，组建过乐队。尤其是他第一次组建的乐队"大地之子"，一度很有起色，却又无疾而终。这时，他在酒吧认识的妻子，在生下他们的女儿四十天后，也留下了一张纸条，抛下刀郎和亲生的女儿，走了，不辞而别。纸条上这样写着："对不起，你给不了我想要的生活。我走了，不要找我，你也找不到。"

面对此景，刀郎痛苦得不能自持。食不果腹、屋不安身的这么一个一路追求的汉子，和他出生仅四十天的女儿，竟然被最亲爱的人就这样抛弃了。他不理解这是为什么，不理解世界为什么会这样？

我该怎么办？我该怎么办？

坐在键盘前，心里已没有了音符。手里抓着的烟，烫得他已没有知觉。面对一片茫然的未来，刀郎挣扎着，痛苦地挣扎着。

此地不留爷，自有留爷处。挣扎后的刀郎来到了海南，来到了刚刚独立建省、亟待发展的海南，这个我曾经差一点也想在那里落户的五指山下。

跨过琼州海峡的刀郎,在海南找到了自己的一片天。

在这里,他认识了朱梅,一个大刀郎七岁的女人——朱梅。

朱梅一下子就喜欢上了刀郎,表达了愿意结合的愿望。

这给饱经人间苍凉的刀郎带来了慰藉,也带来了挣扎:我能不能给她想要的生活?

朱梅不顾一切的爱,终于打开了刀郎心中的坚壁,他们结合了。

结婚后,朱梅不知何故把刀郎带回了自己的家乡:新疆。

在这"天山脚下是我可爱的家乡"的地方,罗林改名刀郎。

就这样,一个符号诞生了。

就像王洛宾之于青海,刀郎,就是新疆:

> 如果那天你不知道我喝了多少杯,
> 你就不会明白你究竟有多美,
> 我也不会相信,第一次看见你,
> 就爱你爱得那么干脆……

刀郎对新疆唱道。

到了新疆以后,刀郎在妻子的呵护下,采风去了。到阿尔金山以南,库尔勒之北,赛里木湖之畔,帕米尔之巅,采风去了。

消失在公元六世纪的楼兰古国,有一个叫尼雅遗址的地方。正是在这个遗址,完整地出土了一块一千多年前的蜀锦,蜀锦上写着：五星出东方利中国。

这个尼雅古国，有一部叫"尼雅佉卢文书"的史籍。史籍上说：天地不曾负我，须弥山和群山亦不曾负我，负我者乃忘恩负义之小人。我渴望追求文学、音乐以及天地间的一切知识，世界仰赖这些知识。

刀郎不一定看过这文书，但他正追求着史籍中的一切。

他深知，楼兰古国消失了，音乐不能消失。刀郎说，我希望我的作品被更多人知道，而不是我这个人……怎么红不知道，怎么不红还是可以办到的。喜欢也好，质疑也罢，这些都不重要。

重要的是，音乐能够响起。

台湾著名歌星李宗盛说，我听过他的歌，简单直率，有一种触动听众灵魂的力量。一个歌者要想胜出，就一定要有自己的特色，刀郎的歌民族加流行，个性嗓音不加修饰，我真的很喜欢。

喜欢刀郎的李宗盛，专门给刀郎制作了一部专辑"喀什噶尔的胡杨"，可惜没有成功。

是因为李宗盛没有深入过新疆？

好在在理想和现实的夹缝中数次失衡、在很多专业人士看来落魄如此的刀郎，看清了这个世界，读懂了这"世间的每个人"：

> 只看到这世间的每个人，
> 喧嚣的街区一条海底的隧道，
> 浪花拍打在断崖上，
> 人们用审视过去的眼神张望着，

等待潮汐涨涨落落，

天空静默　大海静默，

人们无谓的等待，无畏的淹没……

看着淹没的人群，刀郎唱起了"金刚经"。

著名作家王小波在《红拂夜奔》中说，一个人只拥有此生此世是不够的，他还应该拥有诗意的世界。

这诗意的世界，是在"自从你离开以后，从此就丢了温柔"的时候。这个时候，任"一眼望不到边，风似刀割我的脸"，也不要挣扎，或者挣扎着坚信，坚信爱，坚信着"爱是你我"：

……

爱是你的手　把我的伤痛抚摸

爱是用我的心　倾听你的忧伤欢乐

这世界　我来了　任凭风暴漩涡

正是你爱的承诺　让我看到了阳光闪烁

……就算生活　给我无尽的苦痛折磨

我还是觉得幸福更多。

挣扎以后，我还是觉得：幸福更多。

周有光的"光"

"上帝把我忘了。"2010 年,把爱好空前地做成了事业、一百零五岁的"中国汉语拼音之父"周有光说。

自"合肥四姐妹"之一的太太张允和 2002 年离世,周有光便过起了不离群却索居的生活。人来人往中,他不再回到房间睡觉,而是睡在他九平方米、名为"有斋无光"的书房里。自他八十五岁彻底回到家中,书房是他和太太红茶咖啡举杯齐眉的地方。现在,只有他一个人了,工作之余,沙发便是他的寝具。

他说,室小心乃宽,心宽室自大。

作为豪门出身的百岁老人,该见的都见过了,是不会在乎睡沙发还是睡床的,从心所欲嘛,不逾矩就好。

早就知道周有光,但真正对他感兴趣,是因为一句话。之前,为了珍惜生命、鼓励进步,我总是说"人活一天少一天"。但在研究周有光的过程中,看到他却是这样说:老不老我不管,我是活一天多一天。

这个"多"字，让我忽然间醍醐灌顶。

于是，便决定去他故居实地考察一番。

几经拖延，12月中旬，我终于来到了常州青果巷。光绪年间的1906年，周有光出生在这里。

下了高铁，我很快就出了站。见有人招揽生意，我说"青果巷"，师傅说"30元"。六个字，生意谈成，倒是一点没浪费时间。

路上，师傅关切地说，老的青果巷很短的，很快就看完了，还是多看一下新开发出来的二期。

五千米后，我来到了青果巷，那大运河边上一条长仅800米、宽仅3米、号称"进士街"的小小巷子。

这么小的一条巷子，怎么能出这么多的名人？瞿秋白、张太雷、周有光、赵元任……

沿着石板路，我慢慢朝巷子里走。平时摩肩接踵的小小巷子，这时空荡荡的，没几个人。我慢慢踱着，不一会儿，就来到了青果巷133号周有光出生的、面积1390平方米的五进宅子。这是他作为实业家的曾祖父周润之（名：赞襄）创下的家业。

进门左拐，周有光出生的明朝木屋前，一幅对联挺门而立：

音调今古此国蒙恩
学贯中西斯厢启悟

启悟了的周有光，或许冥冥之中的缘分，于中国开始统一汉语读音、刚刚颁布注音字母的1918年，离开了生他养他的青果巷，跟随母亲来到学习环境更好的苏州,然后来到上海,就读于著名的以"光与真理"为校训、旨在培养完美人格的上海圣约翰大学(现华东政法学院所在地)。

启悟后的周有光很快展现出了他与众不同的学习能力。

圣约翰大学有"东方的哈佛"之称。可能是教会学校的关系,以英文教育为主。慢慢地,深受中国传统文化影响的周有光,逐渐认识到汉字的复杂性加上方言特色,给交流学习带来了许多困难,便抱着研究的心理,开始给教育家叶籁士主编的《语文》杂志写稿,主张用拼音文字。他认为,中国要在汉字以外另行推出一种拉丁化的拼音文字。

学习经济学的周有光,就这样不自觉地走上了新中国文字改革的道路。最终,这爱好成就了他非凡的人生。

大学毕业以后,周有光加入了上海的银行工作,这是他的专业。周有光是特善于学习和反思的人,他说"聪明是从反思中来的"。因此刚走上工作岗位,周有光便表现得十分出色,成了银行骨干,来到中国西北地区负责工作。到了地处偏远的甘肃以后,周有光没有轻易开展业务,而是首先对当地社会经济情况展开调研。他第一个就拜访县长,结果发现县长一无所知,连基本的统计数据都拿不出来,态度一向严谨的周有光对此十分不解。随后他发现,那些欧洲过来的天主教神父,由于传教的需要,深入群众,深入乡村,深入边区,对中国的情况倒是一清二楚。这让长期生活在东部发达城市的周有光,对如何做好工作有了更深的考量。

真是,没有调查研究就没有发言权。

西北回来后，几经波折，周有光被派往美欧。在美国，当爱因斯坦和他说"我舒服得像一只冬眠的熊"的时候，周有光工作之余，每天晚上和周末都在纽约国立图书馆钻研经济学和语言学。图书馆员听说每天都最晚离开的周有光是中国人而非日本人时，非常感动，立即把仅有的一间独立研究室拿出来供周有光使用。在欧洲工作期间，周有光利用地理优势，继续研究罗马字，同时接触了英国的"费边社会主义"。这是一个意在创造理想社会的意识形态，它提出了从"摇篮到棺材（from cradle to coffin）"的理念，即由国家来规划、负责人的一生。

可能周有光本身是个理想主义者，受此理念影响，周有光随即放弃了国外的机会，和太太一起，回到了处于历史大转折时期的祖国，他的人生轨迹就此改变。

回国后的周有光，在上海财经学院从事教学工作。他深厚的理论功底和实务素养，很快开始发光。1951年，他的一篇论文发表在《经济周报》。这引起了重庆时期便担任周恩来秘书的许涤新的注意。许涤新问周有光论文里的绝密资料是从哪里来的，周有光说是他根据公开资料整理出来的，许涤新不敢相信周有光居然这么敏锐和严谨。

周有光不仅严谨，还非常有战略性。他认为，中国要发展，全国一盘棋特别重要，而这首先要靠交通。于是，他提出，中国应该建设滨江大铁路（从上海到成都）和滨海大铁路（从北到南沿海而建）。几十年过去，如今，这些设想都逐步成为了现实。

正当周有光经济工作做得蒸蒸日上时，中华人民共和国成立以后，文字问题提上了议事日程。毛泽东主席便在他出访苏联时，专门询问斯大林对中国文字的看法。斯大林说中国是个大国，要有自己的文字。中国文字改革委员会就此成立，吴玉章任主任，下设两个部门。1955年10月，周有光被周恩来点名担任二室主任。这样，周有光就从经济专家变成了"文改会"的一员，重点负责制订汉语拼音方案。

从此，周有光的爱好成为了他的事业。

万事开头难。

从经济学者转身成文字工作者的周有光，在华丽的身份背后，却是并不华丽的工作。这不华丽来源于汉字的复杂性，比如同音不同字的存在。为了解决诸如此类的问题，用时一年完成的"汉语拼音方案"初稿中，采用了双字母和变读法等规则。双字母，就是两个字母联合起来当一个字母用；变读法，就是一个字有两个音。

但这一方案初审没有通过上级要求，只能一音一读。

但这样一来，二十六个字母就不够用。最后大家一致同意增加六个新字母。这一方案报上去，又遭到邮电部的坚决反对。他们的理由很简单，国外只有二十六个字母，你电报打到国外去，这六个新字母人家不认识。

就这样，经过三年的努力，1958年，汉语拼音方案终获全国人大通过。这一成果，直接推动了电脑汉化。任何电脑，只要输入拼音就会出来相应的汉字，汉字的信息化、国际化成为了可能。

但这套方案，直到美国国会图书馆20世纪90年代末，在它七十万册中文图书索引中全部采用，才完全得到国际的认可，也就是说，才真正实现了国际化。

语言竞争居然就是国力之争，这是我之前从未想到过的。

有这样一个故事颇能说明问题。

法语曾是世界第一大语言。但随着英国的崛起（英殖民地曾达到惊人的3300多万平方千米，是它本土面积的137倍），英语成为世界第一大语言。但1996年国际民航组织因印度上空两架客机由于语言不通相撞而议定统一使用英语作为工作语言时，法国却仍然坚持它在国内飞行使用法语。而印度却积极利用英语，最终把英语从"国家的负债变成了资产（周有光）"。现如今，很多印度人担任了硅谷500强公司CEO，印裔苏纳克则直接成了英国的首相。

研究工作是个逐渐深化的过程。不久，周有光提出了"现代汉字学"，主张汉字的使用要定量、定形、定音、定序。北京大学等据此开设了"现代汉字学"的课程。

这些问题解决以后，周有光认为，中国传统习惯中，字的意识强于词的意识，提出要在电脑上更便捷地使用汉语，必须以词为单位，尤其是"分词连写"一定要采用。由此提出了"正词法"，推动制定了《汉语拼音正词法基本规则》。

1996年，周有光非常超前地提出了汉语的语音录入应用问题。现在，这是我们在微信交流中最常使用的工具。

作为经历了晚清、民国、国民政府和新中国的"四朝元老"，周有光百岁以后，专门从事文化研究。他说，过去是从国家看世界,现在是从世界看国家,遂积极提倡科技进步,先后出版了《百岁新稿》《朝闻道集》《逝年如水》《静思录》等著作。读他的书,既可以看尽百年世纪沧桑,又因他的诸多独特观点让人有颇多启悟之处。

周有光谈到佛教时说,印度佛教传入中国,但印度字母并没有像传到泰国、老挝一样传到中国。这主要是因为中国有高度发达的文化和历史悠久的文字,把印度字母给挡住了。但在文化交流中,印度佛教传到中国,中国儒学却并没有传到印度。个中缘由,却是因为中国文化不如印度文化(令人震撼的观点),因为文化像水,水性是就下不就上。

水性就下不就上。多么睿智的老人!这让我在文化自信的同时,不自觉地反思起自己的文化来。

周有光让我最吃惊的,是他说可以把阿富汗建成亚洲的瑞士。他认为,阿富汗处于丝绸之路的核心地带,有比当初的瑞士更优越的地理位置和深厚的文化基础。如果能摆脱神权,像中国一样开放竞争和开放思想,理所当然可以建设得更好。

目前看来,这想法太大胆了。但谁知道呢?

世纪老人了,总有人会好奇,有记者果然就问周有光有何经验。他没有说怎么吃怎么喝,而是说:终身教育,百岁自学,并具体地说了三条:

看报有门道:哪条新闻最重要?为什么重要?新闻的背景是什么?

读书按比例:读书要杂,不同的书都要读。

差异在业余:根据爱因斯坦的研究,人的一生除了吃饭睡觉,实际工作时间平均仅十三年,业余时间却有十七年。所以一个人能否有成就,决定于他如何利用业余时间。

2017年,年轻时候患过肺结核、得过抑郁症、算命先生说只能活三十五岁的周有光走了,以一百十二岁高龄走了。

他走,不是上帝想起了他,而是上帝不忍心看他这么孤独了。

这个"一生有光"的男人,要追寻他的允和去了。

何杰的突破

何杰突破了。

在 2023 年无锡马拉松赛场，何杰突破了。

他以 2 小时 07 分 30 秒的成绩，打破了尘封十五年之久的男子马拉松 2 小时 08 分 15 秒的全国纪录！

中国马拉松在经过十年风起云涌的蓬勃发展后，终于迎来了历史性的突破。

这一刻，多少人为之期盼、为之泪目。

中国的马拉松运动，起始于 20 世纪 50 年代的合肥。1957 年 12 月 22 日，新中国第一个马拉松测试赛在安徽合肥梁园举行。在这个地方举行首届马拉松赛事，和一个叫张亮友的淮南煤矿工人有关。

张亮友十二岁时，就到了华东地区最为重要的煤矿基地——淮南矿务局采煤。有一天，他发现控制了煤矿的日本人利用业余时间在举办跑步运动会。但他没有看到中国人参加，就问旁边的人是怎么回事。对方告诉他说，中国人跑不过日本人，参加了会丢人。

听了这话，张亮友赌气似的想：一定要为中国人争口气。从此，他开启了自己的跑步人生。夏天三四点，冬天五六点，他就会起来跑步。为了跑步，张亮友把班都调到了晚上，上完班跑步，跑完步倒头大睡。

解放后，为了响应毛泽东主席"发展体育运动，增强人民体质"的号召，张亮友跑步更勤了。1955年，他被推选参加在上海举行的全民运动会，居然拿到了一万米冠军。就是在上海，偶然间，张亮友用5分钱买了本有关马拉松方面的书籍，从此知道了马拉松这项运动，并立志要参加这项运动。

他开始每天跑50千米。

但那时国内并没有马拉松。1956年，二十九岁的张亮友想到了写信。他提起笔，给时任国家体委主任贺龙元帅写了一封信，建议中国开展马拉松运动，却石沉大海。于是，颇有韧性的张亮友写了第二封、第三封信。

他的建议被采纳了。

于是，有了1957年的梁园测试赛。

就是在这届赛事上，张亮友在凹凸不平、风沙扑面的赛道上，以2小时52分34秒的成绩获得冠军。这一成绩被认定为新中国第一个马拉松纪录。三十岁的张亮友，也因此成为了中国马拉松运动的启跑者，中国马拉松第一人。

张亮友说："我当时这么写，是因为解放前外国人说我们是东亚病夫。现在，中华人民共和国成立了，别人能做到的事，中国人一样能做到。"

2014年，八十七岁的张亮友和八十二岁的老伴一起，以7小时57分30秒跑完了人生最后一个全程马拉松，成为了全球年龄最大马拉松夫妻二人档。"他们在赛道上就像勇士一样"，陪同他们的亲友说。

2022年11月7日，和太太一起跑了50万千米、可以绕赤道十二圈的九十五岁的"跑疯子"张亮友，平静地跑完了自己的一生。

"不要气馁，任何一件事情都要执着地做下去。"张亮友说。

中国的马拉松运动从改革开放后的1981年在北京恢复举办，1998年北京马拉松首次向公众开放以后，虽然经历了很多困难，但确实在执着地办着，从未气馁，即使在初期大众跑者只要报名就可以领取奖品的时候，也是如此。

直到2014年，也就是我开始跑马拉松的那一年，这项运动在中国开始爆发。

短短的十年过去，能够参加马拉松已变成一件奢侈的事。尤其是北京、上海、厦门、杭州、无锡等赛事。

我在2014年刚开始跑步时，就预见到了中国大众跑者的兴起，并判断中国业余选手的崛起和进步会倒逼专业选手（见拙作《生命的荣光》）。事实证明，确实如此。

就我身边的业余跑友来看，他们的成绩已经到了惊人的程度：男子跑到了2小时14分（已快于日本著名业余选手、2018波士顿马拉松冠军川内优辉），女子2小时38分！这些堪比专业选手的成绩，都是在今年的无锡马拉松赛上创造的。进 3 的人（跑进 3 小时），更是比比皆是。

当然，这也包括何杰。这个二十四岁、2018 年从陪跑转型而来的专业跑者，把男子马拉松全国纪录提高了 45 秒。十五年，45 秒！

多么艰难的突破！

也是出乎意料之外的突破！

之前，知道何杰的人，寥寥无几。

何杰是宁夏平罗县人。这是一个"文革"时期以"五七干校"闻名、现在却是中国马拉松之乡的县。在这样一个小县城，何杰从小就展露出了他的运动天赋。但真正让何杰走上舞台的，是 2014 年宁夏回族自治区运动会。那一年，十五岁的何杰参加 5 千米比赛，第二圈时，鞋不小心被同伴踩掉了。他没有停下来，而是光着脚忍痛跑完了最后十圈，并夺得银牌；第二天，脚伤未愈的何杰再次参加了一万米跑，又夺得一枚银牌。从此，"赤脚少年"的美名开始远扬。

但兴意盎然的赛道，却是群雄逐鹿的战场。年轻的何杰埋没在迷漫的硝烟中，任他怎么努力，都没能进入头部位置。在换了三任教练之后，终于，何杰在六十九岁的资深女教头肖丽的训练下，脱颖而出了。媒体眼中的"千年老二"，从 2021 年的淮安马拉松开始摘取金牌，直至此次打破全国纪录。

何杰说，我是 2021 年之前从一个中游水平的运动员成长起来的，就是通过跟着国家队的训练，包括去肯尼亚和外籍选手一起训练，接受了新的训练理念，借鉴更多样的训练模式，从而达到自己新的高度。

从中小学比赛时拿到毛巾等奖励，激起了坚持跑步的兴趣，到如今的年纪轻轻打破全国纪录，年纪轻轻的何杰有了不一样的梦想，那也是中国马拉松人的梦想。何杰说：中国马拉松人的梦想，就是创造新纪录。我们所有人都一直在努力、在突破。我们还要走出国门，创造更好的成绩。

生活，是用来创造的；纪录，是用来打破的！

该是时候了，何杰。

巴菲特的"特"

巴菲特终于减持了,连续地减持。这一减持,半年就达七次。自2008年投资至今,时间已悄然过去了十四个年头。

2008年,香港上市后一直在5港元左右徘徊的比亚迪,突然宣布了一个重大事项:公司向股神巴菲特以溢价近40%的每股8港元定向配售2.25亿股,募集资金18亿港元。

此时,正是2008年全球金融危机显著深化的时刻。看到这个消息,不明就里的我想,巴菲特又想创造第二个中石油神话?但这是两个完全不同的行业、不同的公司、不同的投资时机。

2003年4月起,互联网泡沫破灭后的全球股市不温不火,如众多国有大型企业一样,希望通过改变机制的中石油,在香港上市后一直在1.5港元处徘徊。没承想,颇让国人恨铁不成钢的这样的大型国有企业,居然得到了理性的巴菲特的青睐。他悄然以每股1.6港元买入了中石油23.4亿股,总耗资5亿美元,直接成为了中石油第二大股东。巴菲特认为,作为中国最大的能源企业，中石油值 1000 亿美元（当时市值 350 亿美元）。巴菲特买入后，中石油市值小幅上涨着。巴菲特拿着每年接近 8% 的红利，躺平了。

2006 年底开始，全球石油价格从 40 美元左右开始飙涨，很快突破了 100 美元，布伦特原油最高达到了 142 美元一桶。面对如此气势如虹的油价，最新的高盛报告认为，石油价格将很快达到每桶 200 美元。这时，中石油股价已经来到 12 港元上方。就在高盛报告发布、市场认为中石油将达到每股 18 港元上方时，巴菲特对中石油减持了，而且很快清仓完毕。中石油在短暂触摸 12.5 港元之后，迅速掉头向下，最低又来到了 2.16 港元。此役，巴菲特获利 40 亿美元。

都说会买的是徒弟，会卖的是师傅。从这点讲，巴菲特无疑是法师。

巴菲特买入比亚迪后，股价短暂上冲，但很快又回到了五六港元，并没有什么起色。

但这事，从此记在了心里。

大约是 2011 年上海国际汽车博览会，我来到比亚迪专区。地上，放了一个比亚迪新能源发动机的模型，那黑乎乎似乎是拼装起来的所谓发动机，没有任何吸引人之处。从产品角度，看不出任何巴菲特投资特别看重的"护城河"。展台上，王传福滔滔不绝地讲着，但并没有什么人在听。我逛了逛，随之也走开了。

这时，我们可能在想，巴菲特投资也有他的盲目性。

巴菲特投资比亚迪，是芒格推荐给他的。

2008年的一天，芒格打电话给巴菲特：沃伦，我发现一哥们比爱迪生经营企业还牛。

巴菲特不动声色。

几个月后，芒格又打电话给巴菲特：这是一个爱迪生（电灯等的发明人）和杰克·威尔奇（通用电气CEO）的商业混合体。

听到自己特别崇敬的搭档芒格的持续推荐，巴菲特开始下注，而且一把就是18亿港元。下注的这家公司，创立于1995年，那正是巴菲特陪比尔盖茨等第一次来中国旅行的年份（此后巴菲特又来过三次）。

那次旅行在乘坐长江游轮经过三峡看到两岸拉船的纤夫时，巴菲特说：他们中就有比尔盖茨，但他们生活在这个时代、这个地方，只能干这个了。

在纤夫中没有发现机会的巴菲特，发现了王传福。

有一次接受采访时，巴菲特说，王传福是他最欣赏的四个CEO之一，"他有非常多伟大的想法，并且善于把想法变为现实"。

2022年9月30日，比亚迪营业收入2677亿元人民币，比2021年大幅增长84%。在比亚迪如此如日中天之时，巴菲特开始抛了。按最新市值计算，巴菲特获利近600亿港元，回报高达30倍以上，十四年30倍以上。

比亚迪，BYD，Build your dreams. 它筑成了中国人的新能源汽车梦，也筑成了巴菲特的投资梦。

巴菲特说：买比亚迪看中的，不是下季盈利，不是股价走势，而是买入未来五年、十年能够升值的东西。

难怪他会说，世人认为我在价值投资，其实我是在投资价值。投资价值和价值投资的区别在于，价值投资被演绎为教条和崇拜，投资价值是独立的判断和行动，这才是投资的精髓。投资价值这个词，投资是动词，价值是名词。

对此，大家的问题一定是，他怎么知道价值就一定能够创造出来？而且抵抗了长期的波动，创造出了如此巨大的价值。

创造价值，这是让多少投资人心碎的事！

巴菲特说，投资必须是理性的，如果你不能理解它，就不要做。理性的经验是：知彼之前首先要知己，也就是：

认识市场的愚蠢之前，首先认识自己的愚蠢；

战胜市场的愚蠢之前，首先战胜自己的愚蠢。

这真的道出了很多看过《阿甘正传》后反思，自己远比阿甘聪明，却总是一事无成的原因。

因为，人们认为正确才做了决策，而不是为了和自己过不去做的决策。

只是没想到，往往这个决策的结果，真的就是和自己过不去。

这就是巴菲特说的愚蠢。但这个愚蠢，原因太多：

如知识点欠缺，如信息不对称，如自以为是，如时运不济；尤其是，缺乏理性和耐心（很多人其实并不是不想有耐心，而是不敢有耐心）……

这些，并不是仅仅在投资上，而是贯穿于生活中。

其根本原因，在于人心和人性的复杂，而不是简单。

2019年，一个00后中国投资人参加巴菲特股东大会，幸运获得了提问的机会。巴菲特在回答他的问题时说道：要了解人性，阅历比读书更重要。

这个人性，当然包括自己。

了解他人的和自己的人性，就这么简单。

巴菲特就是这样一个特别强调简单的人。他总是说，"简单的过程更有效"。很明显，他是在讲方法。

基于此，他总是反对商学院的教育，他认为，商学院的这些教授们，把简单的问题弄复杂了。

巴菲特说，投资不需要"三高"：

高等数学：小学四年级的算术就可以；

高学历：商学院的教学在实践中行不通；

高智商：投资并非智力竞赛。

所以，《福布斯》专栏作家一针见血地指出，巴菲特其实并不是一个简单的人，但他确实有独特、简单的品位。

就巴菲特而言，这是个客观的评价。

这从他的生活方式即可窥见一斑。

作为从事金融投资的人，他年轻时来到了华尔街，加入了他老师本杰明·格雷厄姆的公司。但他很快发现，这地方太喧嚣了。于是，在开始创业时，巴菲特便回到了家乡奥马哈，在他1953年用35000美元买的一栋很普通的别墅里办公。公司规模稍大后，他在他最喜欢的、以当地建筑商基威特命名的基威特（KEWITT）

大厦租了一个楼面，目前管理着三十四万员工的公司伯克希尔，仅仅不到三十人！真不知道巴菲特是如何管理他如此庞大的公司的！至今从未搬过的家和办公室里，非常简朴。巴菲特不收藏名画名酒，不买豪华游艇，不找漂亮女士做太太。他说，"我从不认为花瓶太太是对自己的奖励，这样的奖品，是给失败者准备的"。

从很多娶女明星做太太的人的经历看，此言有点黑色幽默。

人性的复杂，是他人很难复制巴菲特的简单之道的原因。

简单的巴菲特，自有他简单易懂的投资理论，这是他成功的法宝。

我最喜欢的他的投资理论，不是众所周知的"别人贪婪时恐惧，别人恐惧时贪婪"，而是以下两句话：

估值就是估老公。老公未来的赚钱能力和公司未来的赚钱能力一样，难以估计；

估值就是估老婆。越保守越可靠。从投资来说，未来现金流原则至上的巴菲特说，未来现金流预测越保守，估值越可靠。

为了把握好未来现金流的确定性，巴菲特在大量阅读的同时，总是问自己的是：那些数据可靠吗？前后一致吗？有什么错误吗？这些信息对我们意味着什么？尤其是，我的判断在我的能力圈以内吗？

"能力圈原则"是巴菲特在1996年年报中提出的概念。

他说：投资人真正需要具备的，是对所选择公司进行正确评估的能力……能力圈范围大小并不重要，重要的是你要很清楚自己的能力圈。

他继续说道：如果我们在自己的能力圈里找不到能够做的事，我们将选择等待，而不是扩大我们的能力圈范围。

巴菲特用他的理论，很好地诠释了中国《孙子兵法》的"谋攻"：

故曰：

知己知彼，百战不殆；
不知彼知己，一胜一负；
不知彼不知己，每战必败。

追求简单的巴菲特，始终告诫道：不要想别的，想想你的命运和你的一切，会因你的决策如何改变就好。

它的简单理论，有一个中国人受益至深，他就是黄峥。

2006年，步步高学习机创始人、现中国销售量最大的手机之一VIVO和OPPO投资人段永平，以62.01万美元拍下了和巴菲特午餐的机会（巴菲特的午餐拍卖由他太太苏珊在2000年倡议设立，拍卖所得，全部捐献给格莱德基金会。凡是拍下这一权益的人，可以带七个人参加），段永平带上了他很看好的、年仅二十六岁的黄峥。不负其望的黄峥，于2015年创办了拼多多，并用三年时间就实现了纳斯达克上市，最新市值1323亿美元（1月27日的数据）。

黄峥说，巴菲特让我意识到了简单和常识的力量。

从我自身的体验看，巴菲特确实是非常简单的一个人，否则，在我随中央电视台"经济半小时"去美国采访他时，他不可能就在厕所旁边一间啥都没有的会议室接受采访。

简单的巴菲特却是始终心怀梦想的人。他说：我将伯克希尔看作一幅画，它有一个不断扩大的画布，我可以画出我最想要的东西，对此，我很满足。

很满足的巴菲特，却让他的股东们很担忧。毕竟，2023年，巴菲特和芒格，一个九十三、一个九十七周岁了。但显然，巴菲特不担心。他说，我们两位离开对伯克希尔不会有任何影响。

因为伯克希尔有很好的文化，此文化就是：1. 辛勤工作；2. 永远在乎股东利益。

伯克希尔就是在这种文化的推动下，虽然历史上经历过三次50%以上的下跌，但股价始终一路跋涉向上而去。现在每股股价已达47万美元之巨。

纵观巴菲特的一生，他很好地践行了自己的人生观：

"在我的一生中，我总是试图避免那些既愚蠢又邪恶的东西，这包括永久损失信任我们的人资金的做法（此点请特别注意！这种契约和诚信精神非常难得），是我绝对不想拥有的未来"。提前5年于1960年三十岁时就实现了在大萧条的1941年立下的要在三十五岁成为百万富翁的巴菲特说，这关乎声誉。巴菲特说，声誉就像精致的瓷器，价值昂贵且不易获取，却很容易破碎。因为，人的后半生可能跟前半生不一样，我们一定要努力过好自己的后半生。

这比拥有多少财富都更重要。

不停地回味着巴菲特的精辟思想，前半生已过的我，整天想的最多的，只有一点：自己会有怎样的后半生？以及如何才能获得自己更好的后半生？

这，或许也只有一条路，那就是有人在提问如何理财才能够抵御通货膨胀时，巴菲特说：Investin yourself，投资你自己！

我想明白的是：我天天想着跑步如何 PB 以及怎样写出更好的东西，这算不算投资我自己？

写到这里，已是深夜 12 点了。这时，巴菲特已经工作半天了吧，是否又发现了好的标的？抑或是在弹着他心爱的小吉他尤克里里，唱着可口可乐的经典广告歌曲《想给世界来一瓶可口可乐》？还是又在福利院教着孩子们《红河谷》？还是又一次参加了中央电视台网络春晚，弹唱着勾起他童年回忆的《我一直在铁路上（I've Been Working On The Railroad）》？

而我无论写着巴菲特怎样的故事，脑子里却始终是我第一次见到他的样子。那是在 2010 年 5 月 1 日周六早上七点，当我走进采访地点 QUESTCENTER，一眼看到的坐在进门不远处、怀里抱着尤克里里正在唱歌的八十岁的沃伦·巴菲特。

太特别的巴菲特。

（此文请与拙作《奥马哈记》并列阅读）

平凡人老张

一大早起来，小区的垃圾清理工就已经在工作了。

我住的小区不是很大，但也有三百多户人家，近一千人。为了节约费用，小区物业只配备了一个垃圾清理工，姓张，看上去五十出头的样子，其实已经六十。老张到上海二十多年了，之前和儿子一起开小饭馆。现在儿子大了，独自在负责，他不想引起矛盾，就出来收垃圾。

我们小区的垃圾，都放在各自楼栋的门口，工作人员为了小区的清静整洁，需要趁大家还没起床就把垃圾运走。

无论春夏秋冬，早上五点多，老张都骑着个平板车，挨家挨户地收垃圾。平板车吱吱呀呀的，虽小却在老张的摆弄下挺能装东西。老张见到我，从来不会因为自己是个垃圾清理工而有所含蓄，总是秉持他热情的个性打着招呼。我见到他，也总是像老朋友一样，一边遛狗一边主动地寒暄。夏天，说"注意防暑，注意休息"；冬天，说"注意防寒，注意休息"。

今年，很多人都在居家，老张却依然必须兢兢业业地工作。

那个时候的工作，太不容易做了。每天，由于快递太多等各种原因，都有好多好多的垃圾被清运出来，但环卫所却因故不能及时过来运垃圾。日复一日，小区的垃圾堆得越来越高，像个小山一样。这样，老张收完后，一定要重新整理垃圾袋。4、5月份，正是万物复苏的时节，有心的老张为了不影响居民生活，每次都会把垃圾分门别类地堆放，把有气味的垃圾尽可能放在人看不到、通风好的地方，把树叶等没啥气味又不影响视觉的装袋放在外面。

那时，我因为遛狗经常走出家门。每次，我都会看到老张还在工作，不管是上午下午，早晨傍晚。我本以为收完垃圾老张就可以休息的，其实他的工作时间每天都要十小时左右。

这时，我都会想，如果一个城市，没有这样的平凡人，没有老张这样的"我是凡人，只求凡人的幸福（意大利诗人彼特拉克语）"的平凡人，这社会会如何？

我们现在讲高质量发展，高质量发展的目标是人们高质量的生活。高质量的生活，首要的是高质量的环境。老张做的工作，就与环境息息相关，很平凡却不容易做到，尤其是城市人更做不到。

可能，你吃得好住得好，但因卫生问题，好的环境却没有。如果没有好的环境，那人与社会是不可能和谐的。为此，我经常暗暗担心，如果老张回去了，或因故不干了，那我们小区的垃圾清运会是什么样子？小区的清扫工，一个一个地走了，小区的保安，一个一个地换了，却依然因没有做好而得不到居民的理解。清扫工一个一个地走，保安一个一个地换，老张却始终在！我默默地想，老张不能走啊，老张不能走！

前几天，天气大降温，一早，老张又经过我家门口。我鼓起勇气和老张说，我拿双带棉絮的保暖鞋给你。心里忐忑中，老张却很开心地说，好啊，谢谢。

我马上跑回家把鞋拿给了老张，边跑边想：老张，我是怕你走啊！

慕生忠的"忠"

有这样一首名叫《夜宿陶儿久》的诗,是一位将军写的:

头枕昆仑肩,脚踏怒江头。
零下三十度,夜宿陶儿久。
上盖冰雪被,下铺冻土层。
熊罴是邻居,仰面朝星斗。

这位将军,名叫慕生忠,人称"青藏公路之父"。

大学二年级的一天,我在图书馆书架前浏览。忽然,一本名叫《慕生忠》的书跃入了眼帘。被书名所吸引,遂拿出了借书证。

哪知这薄薄一百多页的书,我再难忘记,尤其难以忘记的是这三个字:慕生忠。

这本书讲的,就是西藏和平解放后共和国修建青藏公路的故事。这故事的主角,也就是青藏公路建设的推动者和负责人,他叫慕生忠。

就如共和国成立后许许多多不可思议的工作都能顺利完成一样，同样不可思议的是，年平均气温零下5摄氏度，永久冻土层120米，空气含氧量不及平原一半的青藏高原，在开国大典后仅仅四年零七个月，全国很多地方工作也才刚刚走上正规的1954年5月11日破土动工的青藏公路，在慕生忠的领导下，仅仅七个月零四天，于12月15日就建成通车了。

这条路，北起格尔木，南到拉萨，总长度1283千米。

这条公路建设的原因，源于西藏和平解放后复杂的形势。

1951年，在新中国全面解放的大好形势下，毛泽东主席作出了"进军西藏宜早不宜迟"的战略决策，随之，《中央人民政府和西藏地方政府关于和平解放西藏办法的协议》签订。

协议签订了，西藏形势却异常复杂。

为了稳住地区局势，3万部队迅速进驻。每天仅粮食就要消耗四五万公斤的后勤补给，也随之成为了问题。

在毛主席"进军西藏不吃地方"的政策要求下，承担着巨大责任、从平原来到海拔4000米以上高原的战士们最困难的时候，每人每天四两干面都难以保证。

身为运输总队长的慕生忠心急如焚！

一边是战士们饥饿的身影；一边是周总理从国库里咬牙拨出的20万银元买来的近3万头牦牛在青藏高原经风冒雪缓慢的步伐（那时，牦牛主要由少数民族群众饲养，他们不相信当时流通的法币，国家只能用银元购买）。在那鸟都飞不过去的世界屋脊，每头身负300公斤、步履艰难的牦牛成批地死去。到达拉萨时，28000头牦牛仅剩不到5000头。

此情此景，让与牦牛日日相惜的慕生忠深感长此以往不是办法，"我要修路，修一条能走汽车的路"。

中央也急啊。朱德总司令在《进军西藏，巩固国防》的指示中指出："不怕困难，不怕险阻，管你崇山峻岭、雪山草地，我们可以逢山开路，遇水搭桥，没有人民解放军通不过的道路。"

在此决心下，中央迅速开始组织修建看似容易、其实时时泥石流等危机四伏的川藏公路（成都到拉萨）。

但慕生忠认为，青藏线更有利、也更适合于修建通往拉萨的公路。在他自主组织的沿昆仑山进藏线路勘测中，得出了"远看是山，近走是川，山高坡度缓，河多水不深，道路虽艰险，马车可过关"的可行性结论。

从现在的情况看，不仅仅是公路，青藏铁路也早在2006年就已全线建成通车，川藏铁路却刚刚结束论证准备动工，可见慕生忠超前的眼光和科学判断。

慕生忠说，科学不是静止的，科学是不断前进的。

有着科学思想、追求科学精神的慕生忠，带着他的团队齐天然、刘奉学、尤忠等一起，为祖国的科学事业留下了骄人的业绩：中国的冻土研究突破了！青藏高原许许多多工程的规划、设计、施工、建造突破了！

基于此，毛泽东主席专门发布了"为了帮助各兄弟民族，不怕困难，努力筑路"的训令。

精神，已如鼓起的帆。但实际困难客观地摆在眼前：要钱没钱，要人没人，设备更是简陋得不行。慕生忠使尽浑身解数，总算拿到了彭德怀总司令从军费中预支的30万元。

钱，算是有了，施工队员却没有。

又是这个慕生忠，他动起了运输队驼工的脑筋。但驼工们却不买账，有个年轻的姓梅的驼工公开抵触地说："我是来拉骆驼的，不是来修路的，昆仑山上根本不能劳动，一劳动就死人。"

走投无路的慕生忠，只能软硬兼施。

终于，有一名工程师，二十九名干部，以及从驼工转换过来的一千两百名工人组成的特别工程队成立了。

这一千两百名驼工，被分配到了六个施工队，每队两百人，各配铁锹和十字镐各两百把，帐篷二十一顶，骆驼一百峰。这就是他们的全部家当。

随后，慕生忠在他的铁镐柄烙上了"慕生忠之墓"几个大字。他对他的特殊工程队说："如果我死在这条路上，这就是我的墓碑，路修到哪里，就把我埋在哪里，头冲着拉萨的方向，你们继续把路修到拉萨。"

在这样视死如归的悲壮中，特殊工程队上路了。

他们的出发地，是格尔木。

但那时并没有格尔木，只有大家听说过的这样一个名字。

当工程队到达后，战士们问：哪里有格尔木？哪里是格尔木？慕生忠看着一望无际的高原，瞬间就明白了。他立即斩钉截铁地说：我们的帐篷扎在哪里，哪里就是格尔木！

格尔木站建成后，慕生忠将军对同志们说了这样四句话：

我们不走了，我们要当格尔木第一代居民；

我们要在世界屋脊开辟出一条平坦大道，在柴达木盆地建设一座美丽花园；

我们喜欢亲手建设城市，更喜欢自己亲手建设的城市；

不平凡的事业，都是我们这些平凡人创造出来的。

说完，工程队毅然向可可西里、向唐古拉山走去。

他们毅然向这些生命的禁区走去，他们要在这生命的禁区，修建一条平坦的道路。

这时，生死在他们心中，已不是一种状态，而是一个决心。

"人生都免不了死，人生的死大致有三种：老死、病死、战死。我愿意死在战斗岗位上。"慕生忠说。

5月的青藏高原，开始进入最美的季节。高原上的冰雪，开始融化；雪地上的小草，开始冒芽；美丽的格桑花，开始吐蕾；土拨鼠，迫不及待地钻出冬眠的大地，秀着它活泼的样子。它新鲜地转动着没有脖子的脑袋，两眼神气地瞪得大大的，一副哪儿都想去的神情；珍稀的藏羚羊也出来了，它们成群结队，有的昂头瞭望，有的低头觅食。在辽阔的青藏高原，独特的风景就这样出现在了工程队员们的眼前。

如天降神兵的工程队员们，也在一夜之间，成为了这渺无人迹的青藏高原独特的风景。

到处是独特的风景：格桑花摇曳着，土拨鼠兴奋着，藏羚羊凝望着……它们在好奇的同时，纷纷疑惑着：这些人想干吗？这些人来干吗？这些人能在这鸟都飞不过去的青藏高原干吗？

确实，在这地方，能干啥？海拔四五千米的地方，走一步路都要大喘气，现在要抡十字镐、挖铁锹，想都不敢想啊！

记得1995年出差第一次去拉萨，刚下飞机，在仅仅海拔3000多米的贡嘎机场，同事就高反了，很多人都高反了。有的吐了，有的头痛欲裂，有的迈不开步……

这些来到青藏高原的工程队员们，也是如此。他们大多来自宁夏、甘肃，慕生忠来自陕西。他们并没有青藏高原的生活经历。

尤其艰难的是，在这永久冻土层面前，铁锹十字镐都太脆弱。工程队员们一锹下去，铁锹就可能卷了；十字镐刨，一镐下去，地面火星直冒，却只能抡出核桃那么大的一个小坑。工程队员们的双手虎口震裂了，鲜血直流，心口更是震得疼痛不已。

劳动中的工程队员们，一日三餐，却只有盐水煮面疙瘩，要蔬菜没蔬菜，要副食没副食。工程队员们一次又一次闹起了情绪，慕生忠一次又一次安抚再安抚。

在紫外线强烈照射下，辛勤劳动的工程队员们，脊背的皮被晒爆了；手上的茧起了一层又一层；眼睛不断地冒着金星；心里终于越来越明确坚定：我们要尽快把公路修到拉萨！

他们开始了振奋的劳动大赛，他们开启了独特的高原生活，他们自力更生，艰苦奋斗。

他们，迎来了革命的乐观主义。

有这么一个故事：当工程队员们来到昆仑山口、海拔6000多米的玉珠峰、玉虚峰下，地上突然冒出了一个泉眼，清澈透明的泉水，在十字镐的抡动下，不停地汩汩涌出。见此，队员们异常惊喜，纷纷跑了过去，捧起泉水喝了起来。

慕生忠饮了一口这冰凉甘甜、直沁人心的泉水，联想到在哑口修路时冻得瑟瑟发抖的队员，却都说着"不冻不冻"，感慨地说道：不冻，不冻，这里就叫不冻泉吧。

就这样，他们在青藏高原留下了一个又一个充满诗意的名字：望柳庄、雪水河、西大滩、五道梁、风火山、开心岭、坨坨河、不冻泉……

就这样，他们战胜了1930年《西藏始末纪要》中记载的"乱石纵横，人马路绝，艰险万状，不可名态……世上无论何人，到此未有不胆战股栗者"的可可西里、现如今多少人心驰神往的可可西里！

就这样，他们战胜了平均海拔5500多米、最低温度零下50摄氏度、当地牧民谚语云"巴颜喀拉山的高，高不过唐古拉山的腰"，一年一场风、从春刮到冬的、一年只有一个季节——寒冬的唐古拉山！

唐古拉山太高的海拔、恶劣的天气，无法抗拒的高原反应，使队员们经常睡不着觉。睡不着觉的队员们，看着高原上空点点的繁星，索性都不睡了，纷纷跑到工地上干活，他们抱定一个决心：多修一尺就离拉萨近一尺，早一天过山就可以少受一天罪。于是，铁锹的撞击声、十字镐的刨地声、人们的喘息声混杂着响

志物文学系列

彻清冷的高原深处。

曾经的1937年,当地军阀马步芳的两个团,携带充足的物资进藏,就在这唐古拉山,却因冰雪封道,寒风凌厉,瘴气袭人,直至冻饿交加,全军覆没。

正因如此,10月20日,当工程队员们打通了唐古拉山时,慕生忠立即兴奋地致电中央:我们已战胜唐古拉,在海拔5700米以上修路30千米!目前正乘胜前进,争取早日到达拉萨。

晚年的慕生忠在接受采访时说,工作在空气稀薄的公路边,劳动在冰雪交加的雪线上,我们劈开昆仑山,战胜唐古拉。哪里有生命的地方,哪里就可以劳动、生存。

1982年,"文革"后已经七十二岁的慕生忠刚刚复出,就迫不及待地来到青藏公路。突然,他对陪同在旁的大女儿慕瑞峰说,我找到了安睡的地方。我死了以后,就把我埋葬在青藏公路沿线的昆仑山顶上,听着滚滚不断的车轮声,我才能幸福地长眠。

1994年,八十四岁的慕生忠将军的骨灰,撒在了他心中钟爱的昆仑山、高高的唐古拉山上。他的头,永远地枕在了雄伟的青藏高原。

磨剪子的人

午暇时分,正在翻看着刚刚收到的蒋勋的《岁月静好》,繁体的竖版字,一个个都是蒋勋沿着二十四节气的变幻透视大自然的心灵之语。

蒋勋说,走一条路,像走自己的一生。

可不是,阳光直射的大地,正是小寒的节气,大寒一过,又是一年春的开始。

可能是中午了吧,外面一点声音都没有,这般的万籁,隐隐有些疑惑:此乡是何乡?

就在这俱寂之中,忽然,一阵"磨剪子嘞、戗菜刀"的声音,悠悠而至,犹如山外之音。

这不是我小时候听到的声音吗?怎么会到了上海?到了这里?是时光穿越了隧道?还是心思穿越了节气?

我放下书,凝心听了起来,这声音却听不到了。正怀疑是自己最近正想着要回趟老家之事,不自觉地勾起了我的回忆吧。"磨剪子嘞，戗菜刀"又穿林破雾，直冲耳际。

是来了磨剪子的人，在这大上海磨剪子的人。

我立即冲进厨房间，随手拿了几把菜刀剪子，一路循声而去。

走出小区，远远的，只见一位老者，肩上扛着一张板凳，板凳两头挑着担子，往前走去。担子里放着的一把陈旧的高音喇叭，有节奏地喊着：磨剪子嘞，戗菜刀。

我一边奔跑一边叫着：老师傅，老师傅。

听到喊声的老师傅，停了下来，接过我的菜刀剪子，拿出磨刀石，一下一下"嚯嚯"地磨了起来。

老师傅一把一把地磨着，好奇心驱使我和他聊着，便有了一段对话：

我：师傅多大年纪了？

师：七十七。

我：七十七了，身板这么硬朗。

师：是唉，天天干活嘛。

我：你平时在哪里磨剪子？

师：就在这一带，远了走不动嘞。

我：那我怎么没见过你？

师：你们忙。

忙，又是一个忙。

我：你一天磨几把？

师：不一定唉，有时五六把，有时十几把。

我：那一天也赚不少钱，赚了钱自己存着？

师：赚不了几个钱，要帮儿子还房贷。

我：儿子在上海还是老家？

师：在上海。

我：在上海读大学？

师：不是哎，在上海打工。

我：那在上海买房挺不容易的。

师：嗯，是唉，有贷款。

我：那房子在哪里？

师：就在金桥那边。

听我问，老师傅有点自豪地回答。

老师傅儿子买的房子在金桥？他的话，让我心里一惊。

我：那买了个几十平方米的？

师：一百四十几平。

老师傅的声音洪亮了起来。

我：这么大，那买的时候什么价？

师：19000。

啊，这么有眼光，一个打工人，在上海金桥这个国际化的社区，买了这么大的房子！

我也不清楚是金桥的哪个位置，便犹犹豫豫地问：那现在也八九万了吧？

师：十几万啰。

老师傅抬了抬头，拿起磨着的剪子，看了看锋刃，缓缓地说道：就是还有一些贷款要还。

我：一般的打打工在上海买这样的房子是挺不容易的。

想起自己买房的经历，我心情复杂地说。

师：明年就还清了。

我：挺好的，那你也可以休息休息了，你不准备回去了吧？

师：我明年就回去了。

我：一家人都在这里，为什么要回去？

师：我来是带孙子的，现在孙子十七岁了，长大了，不用带了。我在上海也待了十七年了，可以回去了。

我：在上海不也挺好？

师：上海太大了，不是我待的，我还是回自己的家好。

老师傅是不是也喜欢家乡的孩子听到他"磨剪子嘞，戗菜刀"的声音？

我：你回去了我们都没人磨剪子了唉。

师：那就没办法了。

我：那你回去继续磨？

师：不磨了，啥都不干了。

老师傅轻轻叹了一口气，说道。

听到"不磨了"，我的心情一下子惆怅起来，脸上的微笑僵硬了。

我童年的记忆，没了。

或许是到了一定年纪，人便不自觉地向后看而不是向前看，潜意识里的回忆，渐成主流。小时候的自己，就像整天在眼前晃动，须臾难以分离。调皮捣蛋、挨父母打的情景不在少数，童年的快乐、幸福的时光也历历在目。这其中,就有"磨剪子嘞,戗菜刀"的吆喝声。

那个时候,一切都在计划经济的范畴之中,一切都在按计划进行,没有一样事情是需要通过跑市场、跑客户来做的,唯有这"磨剪子嘞,戗菜刀",似乎是空谷之传音。在乡下孩童、知了、鸟的各种喧哗声中,一声"磨剪子嘞,戗菜刀",都会瞬间幸福在我心里。这声音不疾不徐,不嘶不哑,不刺不懒,在那除了样板戏便没有音乐的时代,是那样好听,那样润耳,那样滋心。虽然它只有短短的七个字,一遍一遍的只有这七个字,却从未觉得重复、拖沓、单调、无聊,而是喜欢一听再听。

这是童年留给我的天籁之音。

老师傅磨好剪子,一边收拾东西,一边说"75元",然后挑起板凳,慢悠悠地走了。

看着老师傅离去的背影,我不知所措地站在那里,一直站在那里,看着老师傅慢慢远去。

慢慢远去的老师傅,仿佛带着我童年的记忆,渐渐消失在时光里。

在这岁月静好的日子。

铁道兵的"铁"

我还是浅薄了。

或许,我一直就是这样浅薄的。

我一直以为,解放战争、抗美援朝等的胜利,是中国人民解放军和中国人民志愿军英勇作战的结果。无疑,这确实是他们英勇作战的结果。然而,在这英勇作战取得胜利的背后,却离不开这样一支部队。这样的一支部队,是战士们取得胜利的坚强后盾。

这支部队,就是中国人民解放军铁道兵。

真不敢想象,如果没有铁道兵,这些战争是如何打下来的?看了《永远的铁道兵》,真不敢相信,这些铁道兵是如何做到的?

铁道兵诞生于哈尔滨极乐寺。那是1948年7月5日,上午9点,东北军区副政委罗荣桓在这座戒备森严的寺庙中宣布,根据中央军委命令,以起源于1945年的东北联军护路军为基础,吸收二线技术人员,组建东北人民解放军铁道纵队,共四个支队,一万八千人,准备参加即将开始的辽沈战役。

这支部队如此神秘迅速组建的原因，是毛泽东主席担心国民党军队面对即将到来的辽沈战役，会放弃东北，全部撤入关内，那将会对关内的彻底解放形成巨大压力。

从此，这支独立存在了三十五年的铁道兵部队，走上了新中国成立前后波澜壮阔的历史舞台。这支部队，极盛时兵力四十余万人，共修建了战时铁路、为解放台湾紧急修建的鹰厦铁路、为"大三线"建设修建的襄渝铁路，以及为稳定国防修建的成昆铁路、青藏铁路、南疆铁路等共12500千米，和数倍于此的便道栈桥（很多现在仍在使用），还有引滦入津等重大工程。

根据毛主席的战略构想，要想防止国民党军队撤回关内，必须以最快速度拿下锦州。但十万部队以及无数的战略物资如何及时送到500千米外的前线，是一个横亘在首长们面前的难题。没想到这对刚刚成立的铁道兵来说，却似乎不是问题。铁道兵战士说，"野战军打到哪里，我们就把铁路修到哪里"。

多大的决心和底气啊！

而且，铁道兵不仅说到了，他们都做到了。

攻克长春以后，毛主席指示解放军必须尽快控制长达700千米的北宁线咽喉——锦州。是时，固守锦州的国民党军司令廖耀湘深知铁路的重要性，他不断派出人员破坏本已损坏十分严重的周边铁路。能不能够对十几万敌军形成关门打狗的局面，最主要的就是要把部队和弹药送上去，尤其是炮兵纵队和坦克部队必须到位，否则，前线的部队将面临腹背受敌的危险。

面对如此严峻局面，罗荣桓却充满信心地说：利用铁路长距离输送部队,不仅在东北,就是在我军历史上也是第一次,我们就来实现这第一次。

将军的信心自然来自于他对部队的了解。在"时间就是战果"的鼓舞下,铁道纵队迅速投入了抢修工作。

在彰武至锦州的铁路线上,从新义屯到义县,这锦州最重要的外围之一,有34千米铁路已满目疮痍。这短短34千米,仅被炸的桥梁就有十三座,国民党还在铁路线旁埋设了大量地雷,能用的钢轨和枕木也都被推到了河里。9月的东北已寒冷刺骨,但指战员们不顾一切,纷纷跳入冰冷的河中打捞。冰水太冷了,只十几分钟,指战员们的牙齿就会冻得咯咯直响。就这样,他们不停地打捞,不停地修复;不停地修复,不停地保护。终于,在短短的两个月时间里,锦州外围的铁路就全部被铁道纵队打通了。

东北野战军司令部立即发布命令,把攻城的十万大军和一个炮兵纵队,秘密地运到了锦州前线。从9月6日起,仅九天时间,部队就到达了指定位置,义县很快被攻克。

面对蜂拥而至的人民解放军战士,国民党官兵如梦游一般地问:贵军是从哪里来的?怎么来的?为什么你们来得这么快?

义县被攻克以后,绝望的廖耀湘开始了垂死的挣扎。1948年10月1日,十几架敌机对郑家屯(现双辽)这个核心枢纽进行了狂轰乱炸,野战军的后勤补给线完全中断。

铁道纵队四支队官兵,面对不断盘旋的敌机,迅速投入抢修工作。谁知,郑家屯车站刚刚恢复通车,铁路南线的彰武柳河大桥又被敌机炸毁。正在紧急运送物资的军列,不得不停在了铁路线上，并成为敌机的轰炸目标。瞬间，八个军列被完全摧毁。

上级命令：两天内修复柳河大桥！

时间太紧了。而且，这基本是个不可能完成的任务。

但大家都明白：我们别无选择。

因为，锦州战役已经打响。

一支队官兵一个急行军，赶到了柳河大桥，他们在寒冬腊月的11月，仅一个昼夜，居然就修建了一座坚固的便桥！在我军历史上载入史册的、挂着三十二节车厢的3005次军列，安全通过了！这三十二节车厢，八节是炸药，二十二节是榴弹炮弹和火箭炮弹。

罗荣桓对铁道纵队负责人说，这些弹药，不惜牺牲也要送到前线，他们关系到锦州能否尽快攻克。

处于敌机围追堵截中的3005次军列，在铁道纵队的全力掩护下，终于抵达锦州前线。数千将士看到昂昂而至的军列，全场欢声雷动，一拥而上，在不到半个小时的时间里，就将1700吨弹药卸了个精光。

十多天后的10月15日，锦州解放。

看到这傲人的壮举，我始终不能明白的是，假如其他如人员、技术等可以做到的话，这钢轨、枕木、螺丝钉是从何而来的，这可不是随便拿根木棍就可以用的呀！

历时五十二天的辽沈战役，就这样在铁道兵的有力保障下，胜利结束。

历史学家评价道：辽沈战役的最后胜利，离不开铁道运输线的畅通无阻。

畅通无阻的铁路线，让中国革命的进程也异常的畅通无阻。1949年10月1日，中华人民共和国成立了！

但就在新中国刚刚成立、社会各界急于恢复经济的时期，战争，那可恶的战争又不期而至，以美国为首的联合国军突然入侵朝鲜。经过艰难而又激烈的讨论，毛泽东主席决定，中国人民志愿军跨过鸭绿江，投入彪炳史册的抗美援朝战争。

在中国人民志愿军的英勇抗击下，本已迫近鸭绿江的联合国军，退守到了"三八线"附近。

面对这样尴尬的形势，联合国军总司令麦克阿瑟却始终信心满满。他对将士们发誓：你们圣诞节一定可以回家吃火鸡。他的信心，来自于他的经验：三十万中朝将士每天所需的两千四百吨物资，根本无法充分补给，他们终将不战而退。

确实，在这样纵深的异国战场，这么庞大的物资补给，面对这么强大的敌人，非常难以做到。正常情况下，这些物资需要三千辆大型卡车昼夜不停地运输。然而，冬天恶劣的天气和美国战机的持续轰炸，汽车和运输线都受到了严重破坏，何况这些卡车还都需要苏联提供！

形势万分危急。

1951年夏天，经过重建后的两万铁道兵正式开赴朝鲜前线。因为假如铁路运输线畅通的话，每天需要三千辆卡车运输的物资，一百二十节车皮就可以搞定。

对此，美国当然十分清楚。于是，铁路线进一步成为他们轰炸的目标。

新任联合国军总司令李奇微计划用三个月时间，全面切断中朝部队物资补给线，著名的"绞杀战"从此开始。

没有制空权的志愿军更加被动。

从来都不吃素的志愿军战士随即开始了"反绞杀战"。就此，志愿军战士涌现了一个又一个可歌可泣的英雄人物，这其中，包括许许多多的铁道兵：

1师2团5连副班长史阜民，在铁路抢修时，发现缺少一个固定螺丝。面对即将到来的军列，他把扳手插进钢轨夹板缝，自己趴在钢轨旁，用力扳住扳手，忍着剧烈震动下的疼痛，坚持一个半小时，保证了18列军车的安全通过。

铁2师6团11连副班长袁孝文，在巡检铁路时，身边炸弹突然爆炸，他的双腿均被炸断。袁孝文在近乎昏迷中，爬行300多米，设置了响墩。军车安全地停了下来，他却流尽最后一滴血，壮烈牺牲。

……

在志愿军战士顽强的反击中，"绞杀战"失败了，"反绞杀战"胜利了。第一回合，志愿军共有一千一百三十四节车皮，顺利地把大量急需的物资送到了朝鲜前线。

务实的李奇微不甘心失败，在总结教训的基础上，他开始了"绞杀战"的第二回合、第三回合。然而，拥有绝对空中优势的美军，却始终无法截断志愿军的补给线。

李奇微绝望了。

有部名叫《金刚川》的电影，较为形象地描述了志愿军的这一历史。

有一个师的部队，必须在第二天清晨6点前赶到预定位置。路途中，宽阔的金刚川是最难逾越的障碍。于是在这里，志愿军和美国空军展开了艰难的拉锯。志愿军只要搭起浮桥，美国空军就把它炸毁；美国飞机一走，志愿军立即又修复浮桥。因美国空军的频繁轰炸，志愿军大部队就是无法顺利过河。看着明明已经炸毁的浮桥立即又会修复，美军飞行员也彻底绝望甚至发疯了：这到底是怎么回事？

整个朝鲜战争中，铁道兵共新建铁路213千米，修复铁路900多千米，抢修便桥128千米、隧道122座次、车站3648座次、通信线路20994千米。面对美军的轰炸，铁道兵做到了随炸随修、随修随通！他们建成了一条"打不烂炸不断"的钢铁运输线！

难怪当时的美国空军发言人说：没有铁道兵部队，志愿军在朝鲜的战争不可能胜利，他们是世界上最坚强的人。

然而，我仍然不能明白的是，在物资如此匮乏、交通如此不畅的情况下，铁道兵们所需的巨量钢轨、枕木、黄沙、水泥是从何而来？又是怎么如此迅速地运到工地的？

要知道，每当美军炸毁铁路、桥梁，铁道兵们当天都会立即予以修复，一到晚上，火车总能及时把物资送达前线，如此周而复始。

后来，美军改变了轰炸规律，进行不定期轰炸，但面对智勇双全的铁道兵,李奇微却始终没有实现他的绞杀计划。

近年来,有关朝鲜战争的电影电视剧如《长津湖》《长津湖之水门桥》《跨过鸭绿江》等,和当年的《上甘岭》《英雄儿女》一样,屡屡爆红。我在想,假如有人专门投拍关于铁道志愿兵的影视剧,让人们了解这伟大战争幕后的英雄群体,是不是照样会红?

那是一定会红的!

想到这里,雄壮的《铁道兵之歌》隐隐传来:

> 那开往四面八方的火车
> 正发出轰隆隆的奏鸣声
> 那高亢激昂飘荡不息的笛声
> 正呼唤着千千万万的铁道兵
> 中华腾飞的列车
> 正伴随着这首铿锵雄壮抒情豪迈的军歌
> 前进,前进,前进,……

1983年12月31日,是每一位铁道兵战士都终生难以忘怀的日子。在裁军的大背景下,"根据国务院、中央军委关于撤销铁道兵的决定,自1984年1月1日起,中国人民解放军铁道兵部队退出现役"。他们作为军人的最后一天,就这样来到了。

整整齐齐排列着的铁道兵将士,面对决定,一个个泣不成声,纷纷举起了右手,给作为军人的自己以及战友,敬上最后一个礼!

一个以后不会再有的军礼!这是他们对自己作为军人的告别,更是对时代的一个态度!礼毕,铁道兵们默默脱下了军帽,摘下了军徽。

但正如邓小平所说,打起战来,铁道部都是铁道兵。

是啊,铁道部都是铁道兵。任身份如何变换,他们钢铁战士的本色,永在!

这些本色,在成昆铁路建设成功后专门修建的位于峨眉山附近的铁道兵博物馆里,有着很好的纪念。

成昆铁路线上的"同志们啰,加油干啰,胸怀全球挑重担啰,敢叫机器背过山啰";

大兴安岭的"劳动光荣,艰苦光荣,当铁道兵光荣";

新疆的"宁可死在新疆、埋在新疆,不建成南疆铁路,绝不出疆";

……

铁道兵们这样的豪言壮语,将永远铭记在人们心里。

永远的铁道兵!

书房的虚实

2022年,本是踔厉奋发之年,却因不经意之由,成为了居家至多的日子。

书房的利用率无意中提高了不少。

这似乎并不是想读书的缘故,只是居家时久,书房是一个相对清静的所在。

这却让我对书房,多了一层的思考。

作为读书人,自有家开始,书房便一定是必不可少的存在。或独立一间,或客厅一角,再不济也得摆个书架,选几本自以为显得博览的书,分门别类地摆放,经典的、流行的、专业的……整整齐齐,煞是好看。书的旁边,再配上一些相框,便成了家里的一道风景。

朋友来了,觥筹交错之间,一定会到书房看看,或抽出几本翻翻,以显示自己爱书之意。自己茶余饭后,更是会到书房转转,或略作停留,闻一闻一路相伴的墨香,里边有很多自己成长的记忆。

只是风景就是风景罢了。总想着自己工作重要，书嘛，总有时间读的。

书房，不自觉地也就失去了它的应有之义。

这该不会是现代社会重形式的缘故吧。

坐在书房，多少次我扪心自问，书房，确是自己内心深处的理想国呢。

一间完整的书房，必要有书。书房，不是藏书室。书房的书，一般是常看的类型，除了几本镇房之宝，看过的，移走，新买的，放上去，这样不停地更替，犹如岁月的四季。书房必有茶，也必有煮茶之器。常见古人，一手捧书，一手煮茶，炉子红红的，茶炉突突的，冰天雪地的冬日，独有一股馨香游逸。书房必有墨，书房是看书的地方，也是创作的天地。伴随浓浓的墨香渗出，豪气、文气兼具，胸中也就有了天地之气。书房必有名，书房再小，就像孩子出生一样，一定要有个名字，虽然这名字并不好起……

然则，便是自己心目中的书房了。

书房书房，书籍与房舍不可或缺的结晶。

这方面，我最喜欢的是欧阳修的"六一居士"了。

作为唐宋八大家之一、宋朝翰林的欧阳修说，吾家藏书一万卷，集录三代以来金石遗文一千册，有琴一张，而常置酒一壶，棋一盘，以吾一翁，老于此五物之间，是岂不为六一乎？

文运、官运皆修、童心未泯的欧阳修，是把他的书房当做醉翁亭了吧？

是故，古人认为，书房既是入世之所，又是出世之地。因此也就有了"南阳诸葛庐，西蜀子云亭"之说。

确实，有形的书房，无形的情怀，它在游方之内，又在游方之外。这可能也是自古以来，即使"世间万物，未有聚而不散者，而书为甚（南宋周密语）"，文人骚客都始终离不开书房的原因。

这方面，影响至广的应该是被编入中学语文课本的刘禹锡的陋室：苔痕上阶绿，草色入帘青。谈笑有鸿儒，往来无白丁。可以调素琴，阅金经。这样"惟吾德馨"的地方，自然是"何陋之有"了。

陶渊明则有"委怀琴书"之说。"采菊东篱下，悠然见南山"的陶渊明，自言及笄之年的十几岁起，就不再考虑世俗之事，在他的南山草屋"弱龄寄世外，委怀在琴书"了。

还有陆游的"老学庵"，梁启超的"饮冰室"，鲁迅的"三味书屋"……

现代社会，科技发展了，随手一台电脑，便成了"移动的书房（冯骥才语）"。其实确切地说，这是移动的写字台。书房里的很多东西，是不可能被移走的。所以冯骥才自己也说，"电脑会不会……异化了书房生活的韵致？""书房，是我的心居，我的心之所居。……或曰，今日之枝，乃出于往日之木也。"

基于此，我相信，无论时代如何风云变幻，萌芽于先秦私塾、在唐朝确立其形的中国传统书房，始终将是读书人心安的故乡。在这里，读书人和书，是互为和谐的存在。在这里，读书人可以做到孟子说的：人知之，亦嚣嚣；人不知，亦嚣嚣。

后　记

人生真的有很多可能。

自离开教师岗位以后，便从来没有想过自己会出书。直到三年前，朋友鼓励我把六年积攒下来的"跑马记"结成一本集子。出于收藏和朋友分享方便的考虑，遂听从了建议，于是有了《生命的荣光》。

有言以书的形式留下，应该是一件蛮特别的事，至少朋友们经常会以此说事。

立言，立功，立德，我是不是也算靠了"立言"的边了？其实我只是喜欢分享罢了。

但觉从此不再可能出书，哪有那么多东西好写的啊？

2022年，因众所周知的原因，在家里待的时间长了一些。一日三餐之余，忽然冲动了起来，应该写点东西记录一下这特殊的日子。思虑既定，坐在桌前，瞬息之间，"沉淀的时间"呈现在了我的面前。

这让我第一次有了"下笔如有神"的感觉，虽然离"读书破万卷"还有相当的距离。

当时的目标，是写五至八篇文章，就一个主题，做一些探讨。但不自觉的，新的思路不停地在脑海里跳转出来，于是重新开始规划，计划以系列的方式来写，每个系列十篇。就这样，四个系列四十篇文章，近十二万字很快写了出来。

写作的过程中，有朋友认为我的文章很有特色，建议我投投稿。我不是学中文的，公开发表散文，是我想也没有想过的事。好在我是敢于挑战、愿意突破、不怕失败的人，一路上过来，失败的事还少吗？再多一件也无妨。文章投出去不久，上海最有历史和影响力的散文副刊"夜光杯"老师通知我说，《深山的呼唤》将被采用。文章发表了，这一肯定，无疑对我是个巨大的鼓励，促使我每天都会更加用心地学习，细腻地思考，认真地撰写，让思想之魅、文字之美源源不断地流露于笔端，让分享不会浪费读者的时间。

而书以"一无的所有"为名，其形乃因崔健的著名摇滚歌曲《一无所有》，其核则因为我们的人生就是一个创造的过程，是一个从无到有、并从有复归于无的过程。人在这无、有、无之间，追逐着、实现着自己的历史使命。而这无、有、无之间的挣扎求存，也可以让我们明白，我们应该怎样过好自己的一生。

现在看来，写作可能成为我人生的重要组成部分了。愿这样一种可能，伴随着我的后半生，不断地绽放在我更为丰富多彩的人生之路上。

巴菲特说，人最重要的是过好自己的后半生。

诚哉，斯言。

最后，我要特别感谢申能集团原董事长许冠庠，上财公管学院校友会秘书长邬咏梅，上海文艺出版社及出版人长岛，"夜光杯"责任编辑郭影等的关心支持；我更要感谢我的家人对我的包容厚爱！正是有了你们润物细无声般的鼓励，才有我不断前行的勇气。这勇气，或将打磨出一个不一样的自己。

杨玉成

2023 年 7 月